山东文化体验廊道故事丛书·下编

烟台
历史文化故事

YANTAI LISHI
WENHUA GUSHI

总编纂　王志民
主　编　王海鹏

山东文艺出版社

图书在版编目（CIP）数据

烟台历史文化故事 / 王海鹏主编. —— 济南：山东文
艺出版社，2023.9
（山东文化体验廊道故事丛书）
ISBN 978-7-5329-6986-9

Ⅰ.①烟… Ⅱ.①王… Ⅲ.①历史故事—作品集—
中国 Ⅳ.①I247.81

中国国家版本馆CIP数据核字（2023）第153092号

烟台历史文化故事

YANTAI LISHI WENHUA GUSHI

总编纂　王志民　　主编　王海鹏

主管单位　山东出版传媒股份有限公司
出版发行　山东文艺出版社
社　　址　山东省济南市英雄山路189号
邮　　编　250002
网　　址　www.sdwypress.com

读者服务　0531-82098776（总编室）
　　　　　　0531-82098775（市场营销部）
电子邮箱　sdwy@sdpress.com.cn

印　　刷　山东临沂新华印刷物流集团有限责任公司
开　　本　880毫米×1230毫米　1/32
印　　张　7.5
字　　数　158千
版　　次　2023年9月第1版
印　　次　2023年9月第1次印刷
书　　号　ISBN 978-7-5329-6986-9
定　　价　59.00元

前　言

　　党的二十大报告明确提出："坚守中华文化立场，提炼展示中华文明的精神标识和文化精髓，加快构建中国话语和中国叙事体系，讲好中国故事、传播好中国声音，展现可信、可爱、可敬的中国形象。"习近平总书记在文化传承发展座谈会上深刻指出，要在新起点上继续推动文化繁荣、建设文化强国、建设中华民族现代文明。编纂出版《山东文化体验廊道故事丛书》（以下简称《丛书》）是深入学习贯彻党的二十大精神和习近平总书记重要指示精神，贯彻落实山东省委、省政府关于打造文化"两创"新标杆部署要求的重要举措，是立足山东文化资源优势，以沿黄河、沿大运河、沿齐长城、沿黄渤海和沿胶济铁路等文化体验廊道为轴线，以各市文化体验廊道建设为着力点，撷取历史文化精华的大型普及性学术工程，是在新的历史起点上讲好山东故事、坚定文化自信、推动文化繁荣、促进文旅结合的重点文化项目。

　　山东，古称"齐鲁之邦"，是中华文明最重要的发源地之一。奔流的黄河由山东入海，齐鲁大地是黄河文明的核心区域

1

之一。巍峨屹立的泰山，自古以来就是历代帝王封禅之地，是中国东方上层文化的活动中心，1987年被联合国教科文组织列为中国第一个世界文化、自然双重遗产。黄渤海环绕的山东半岛是全国最大的半岛，漫长海岸线形成了丰厚的海洋文化资源，一直是中国北方海上丝绸之路的重要门户。山东又是伟大思想家、教育家孔子和孟子的故乡，是儒家文化的发源地，是中国人乃至全球华人、华裔心中的"圣地"。在被称为中华文明"轴心时代"的春秋战国时期，齐鲁是中华文明的"重心"所在：诸子百家，多出齐鲁；儒墨显学，独领风骚。齐国故都临淄，是当时最大的工商业都城，被国际足联命名为"足球起源地"；这里诞生了中国历史上最早的大学堂——稷下学宫，是诸子百家争鸣的学术文化中心；齐长城西起济水，东到大海，蜿蜒于泰沂山脉，全长一千余里，是现存最早的有准确遗迹可考、保存状况较好的古代长城；被列为世界文化遗产名录的京杭大运河，纵贯山东南北，极大影响了元明清以来山东地区的经济文化发展，鲁西沿岸城市带的崛起，成为中国南北文化交流融合的运河明珠，见证了山东地区社会文化的隆替嬗变。近代以来，随着烟台、青岛等沿海城市的崛起和胶济铁路的修筑，山东成为中西文化交流、冲突、碰撞、融合的核心地区之一，收回青岛主权成为"五四"爱国运动的导火索。革命战争年代，山东党政军民用生命和鲜血凝聚而成的"党群同心、军民情深、水乳交融、生死与共"的"沂蒙精神"，是齐鲁优秀文化、伟大建党精神与中国共产党领导的人民革命英雄主义精神的集中体现，是对山东境内沂蒙、胶东、渤海、鲁西（冀鲁豫边区）

等抗日革命根据地红色文化、革命精神的集中凝练和概括，与延安精神、井冈山精神、西柏坡精神等一起成为中国共产党人精神谱系的重要组成部分。齐鲁文化在中华文明发展中的特殊地位，山东地区源远流长、丰富厚重的文化资源，坚定文化自信和自觉的历史责任担当是我们举全省之力编纂《丛书》的内在动力。

《丛书》以国家文化公园建设为引领，以落实文化"两创"、推动"两个结合"为宗旨，以推动全省及各市文化建设为目标，是具有权威性、故事性、可读性、趣味性的历史故事集成，是一套可携带、可利用、可转化的文化读本。《丛书》分为上、下两编，上编16本，围绕"四廊一线"文化体验廊道、八大文化传承发展片区展开。"四廊一线"构筑的沿黄河、沿大运河、沿齐长城、沿黄渤海、沿胶济铁路的文化交通线纵横交错，相互联系又各具特色，其特点是以脍炙人口的故事形式联通"四廊一线"的人物事迹、重点景区、遗址遗迹等，厚植文化体验廊道的思想内涵和文化底蕴。八大文化传承发展片区，既涵盖了沂蒙、渤海、鲁西、胶东四大红色文化片区，又吸收了泰山文化、儒学文化、齐文化作为重要支撑，演奏出山东历史文化、革命文化、社会主义先进文化的时代交响。下编16本，紧紧围绕各地市优势和特色展开，主要记述本地区历史故事、文化遗址与人文景观、非物质文化遗产等内容，是推动文化廊道落地、推进片区文化建设、增强文化认同、深化文旅体验的重要载体。

《丛书》由山东省委常委、宣传部部长白玉刚统筹谋划和指导，省委宣传部专门组建学术编纂委员会负责具体实施，省直各有关部门和各市委宣传部给予大力支持配合，省内相关高校、研究机构和各市有关单位共 100 余位专家学者积极参与，历经酝酿策划、启动实施、提纲设计、样稿研讨、通稿审稿、编辑出版等六个阶段。2022 年以来，省委、省政府先后印发《关于打造中华优秀传统文化"两创"新标杆行动计划（2022—2025 年）》《关于建设文化体验廊道推动文旅融合高质量发展的实施计划（2023—2025 年）》，全方位挖掘展现山东人文沃土可以深度耕作的比较优势，为《丛书》编纂做好了思想、学术和组织准备。具体编纂过程中，省委宣传部专门印发《关于做好〈丛书〉编纂工作的指导意见》，统一思想认识，作出全面部署。编委会以线上线下形式，多次召开全体会议和分组专题会议，狠抓三个重要工作节点：**一是审定编撰提纲。**通过反复研讨、交流、修改、会审等形式逐一审定编写提纲，最大程度保证全书质量。**二是树立样稿典型。**集中力量撰写、反复研讨修改，确定分类样稿，做好典型导引。**三是全力做好通稿统审。**采用主编初审、各卷主编交流互审、学术专家主审、首席专家终审等层层把关、集中审查、反复修改的方式提高稿件质量。

回顾《丛书》编纂工作，始终注意把握好以下四个方面：**一是坚定文化自信。**通过挖掘历史资料、开发历史资源、恢复历史场景等形式，获取文化营养，坚定文化自信。**二是助推文化自觉。**通过传承弘扬优秀传统文化、红色文化、社会主义先进文化，深入挖掘历史先贤和革命先烈的伟大事迹，推动文化自觉，与培育践行社会主义核心价值观有机结合。**三是落实文**

化"两创"。精选真实历史故事，注重挖掘故事背后的文化内涵，推动齐鲁优秀传统文化在新时代创造性转化和创新性发展，推进文化自信自强。**四是服务文旅融合。**借助故事、景观、遗址、非遗讲解词、短视频等融媒体形式，让广大读者在区域文化旅游、廊道文化体验中感受中华文化的博大精深，增强民族自豪感和自信心。

在内容撰写上注重四个结合：**一是与廊道体验相结合。**突出廊道建设概念，以故事为纬线，以时代发展为轴线，通过富有魅力的故事讲述，展示历史人物、景观、史实，引领读者体验传统文化的恢宏气势和博大精深。**二是与景观建设相结合。**以真实动人的故事为景观建设提供重要的历史资源和文化依据，通过一个个精品景观建设展示历史故事的丰富内涵和当代价值。**三是与文物保护相结合。**通过讲述历史故事，让广大读者进一步了解相关文物、遗址的历史文化价值，提升文物保护意识，推动群众性文物保护工作再上新台阶。**四是与媒体利用相结合。**立足于故事转化，使故事成为各类媒体传播的重要基础、蓝本和素材，成为廊道文化、片区文化讲解、传播的重要学术依据和资料来源。

《丛书》的编纂出版，是普及、传播优秀传统文化，推动文化"两创"的新尝试。衷心希望广大读者通过阅读本书，吸收丰富文化营养，多提宝贵修改意见。

编者

2023 年 8 月

导　语

　　烟台市地处山东半岛东北部，北濒渤海、黄海，隔海与辽东半岛对峙。烟台市下辖芝罘、福山、牟平、莱山、蓬莱5个区和龙口、莱阳、莱州、招远、栖霞、海阳6个县级市。胶济铁路、蓝烟铁路、青荣城际铁路把胶东半岛联结为胶东经济圈。

　　"烟台"一词，开始于明代。明朝初年，为防倭寇侵扰，明政府设立奇山守御千户所，其所辖狼烟墩台中，有一个在今烟台山上。那时的"烟台"原本是民间通俗的称呼，指的就是这个"狼烟墩台"，后来这个山也被称为"烟台山"。

　　烟台这座城市的历史开始于1861年烟台开埠。烟台山西侧的太平湾风平浪静，面阔水深，适合建设港口，因此开埠时由原定的登州改为烟台。此后，人们说的"烟台"指的是商埠。在近代，西方国家在提到烟台时多使用"Chefoo"一词。西方为了航海、通商的方便，把芝罘岛作为地理标志，并用芝罘岛的名称代指商埠。当时，这里隶属于登州府福山县。1908年，福山县废保社，将全县划为20个区，烟台区为其中之一。直到这时，"烟台"成为一级行政组织的名称。1934年，烟台特别行政区设立，直属山东省政府。

山海形胜，人间仙境。烟台有大海，有名山，风光旖旎，景色迷人。绵延千里的海岸线宛如蜿蜒的臂膀，拥揽起黄海与渤海的苍茫；昆嵛山、牙山、艾山、罗山等高峰巍峨挺拔，像极了烟台的脊梁。

山与海造就了烟台海市蜃楼奇观，赋予了烟台仙气、神韵、传奇与浪漫。我国自古就把海市蜃楼看成是仙人所居之仙境，并形成了"蓬莱三岛"的传说。这里是中国东方神话传说的策源地，是传说中"八仙过海"之地。秦始皇、汉武帝来到这里寻访仙境，寻求灵丹妙药。

烟台的山、海与神话交融在一起。昆嵛山，古称姑余山，传说海上仙山蓬莱、瀛洲、方丈均由昆嵛山衍生而来，因此被称为"海上仙山之祖"。蓬莱因"八仙过海"传说和"海市蜃楼"奇观而闻名四海，自古有"人间仙境"之美誉。位于丹崖山上的蓬莱阁与黄鹤楼、岳阳楼、滕王阁并称"中国古代四大名楼"。庙岛群岛，又称长山列岛，像一串珍珠散落在渤海海峡，被誉为"海上仙山"。位于今烟台市中心的毓璜顶，俯瞰大海，松柏掩映，宛如蓬莱仙境，故又称"小蓬莱"。

东方海上丝绸之路起点。春秋时期，齐国在胶东半岛开辟了一条黄金通道，"沿海而行"，直通辽东半岛、朝鲜半岛、日本列岛，中国与朝鲜、日本的文化交流与商贸活动广泛展开，从而开启了东方海上丝绸之路。秦朝时，方士徐福入海东渡，传播了秦朝先进的文化与生产技术，开创了中华文明大规模对外传播、交流的先河。到了唐代，山东半岛与江浙沿海以及中、韩、日的海上贸易逐渐兴起。登州（今烟台市蓬莱区）是海陆交通的枢纽和中原王朝扬帆入海、联通各国的门户，是东方海上丝绸之路在北方的唯一港口，在中韩、中日漫长交往中具有重要地位。

*海防名城。*烟台是一座以海防而得名的城市，她的名字来自狼烟墩台。

蓬莱、烟台在中国历代海防建设中都具有十分重要的地位。明朝初年修筑的登州水城，是国内现存最完整的古代水军基地。奇山守御千户所设立于明朝初年，其遗址位于今烟台市中心最繁华的商业街南大街东段南侧。"备倭都司"是负责全省抗倭事务的海防官员，驻防于登州；负责抗击倭寇的海防精锐部队登莱三营（登州营、文登营、即墨营）全部在登莱境内。伟大的抗倭将领、民族英雄戚继光是从烟台成长起来的杰出人物。清代前期，登州是山东水师驻泊的主要港口。到了近代，烟台因其重要的海防地位被称为"海防锁钥"。西炮台、东炮台是清政府在烟台修筑的海防要塞。现如今，西炮台、东炮台是最能体现烟台历史底蕴和文化特色的重要历史遗存。

*山东最早的开埠城市，中国近代工业的发祥地。*1861年，烟台开埠，这是近代山东最早开放的通商口岸。开埠后，烟台山下形成了领事馆和外国人聚居区，外来的传教士建起了教堂、学校、医院，烟台成为重要的商品集散地和贸易中心。在外国资本主义的刺激下，张裕酿酒公司、烟台宝时造钟厂、烟台醴泉啤酒公司等一批民族企业相继诞生，挺起了烟台近代工业的脊梁，烟台由此成为中国近代工业的发祥地之一。

1892 年，南洋华侨张弼士创办烟台张裕葡萄酿酒公司，这是当时远东规模最大的葡萄酒公司。1915 年，张裕公司 4 款产品获得巴拿马太平洋万国博览会金质奖章。烟台是中国钟表工业的发祥地。1915 年，民族资本家李东山在烟台朝阳街南首东侧创办宝时造钟厂。烟台钟表业历经百年沧桑，蓬勃发展，"北极星"牌钟表蜚声中外。

　　红色文化底蕴深厚。烟台是山东红色革命的发祥地之一，是中国进行红色革命最早的区域之一。新民主主义革命时期，在硝烟弥漫的历史岁月和波澜壮阔的革命斗争中，英雄的烟台人民在中国共产党的领导下，创造了灿烂的红色文化。1938 年 2 月的雷神庙战斗打响了胶东抗战的第一枪，点燃了胶东抗日的烽火。抗日战争时期，海阳民兵运用灵活的地雷战，配合八路军作战，使日军闻风丧胆。胶东兵工厂生产的大批武器弹药源源不断地供应胶东、山东以至华东、华北战场。胶东军民和英雄的招远儿女，怀揣着对党和人民的无限忠诚，将 13 万余两黄金运送到延安。抗日战争结束后，山东军区主力迅速进军东北，为建立东北根据地，为人民解放战争的胜利建立了卓越功勋。在解放战争时期，烟台人民肩负起参军、支前、保卫家乡等多重任务，书写了大参军、大支前、大运兵、大调干的壮阔篇章。

　　水果之乡，鲁菜之乡。绝佳的地理位置、优越的气候土壤条件和优良的水果品种使得烟台成为名副其实的水果之乡。民间很早就有"烟台苹果莱阳梨，还有潍坊的萝卜皮"的谚语。自近代以来，随着美国苹果在烟台嫁接成功，烟台苹果蜚声中外。烟台还是亚洲唯一的"国际葡萄·葡萄酒城"。

烟台福山是"中国鲁菜之乡"。胶东菜是鲁菜的主要流派之一，起源于福山，又名"福山菜"。"福山菜"坐拥烟台丰富的山海资源，原料以海味为主，口味以鲜为主，爆炒、蒸、煮、炸、焖等各式技法无所不能。

每一个城市都有每一个城市的印记与故事，每一个城市都有属于它的特色与美好。对一座城市来讲，历史文化是它的魂与脉，传承历史文脉，讲好城市故事，留住城市特色文化符号，守护城市之魂，是实现可持续发展的重要基础。

《烟台历史文化故事》是山东省委宣传部组织编撰的《山东文化体验廊道故事丛书》的烟台卷。编撰这本书的目的，就是要将烟台的旅游资源与烟台历史文化、优秀传统文化、红色文化紧密融合，从文化层面助力烟台强市建设，推进烟台历史文化的创造性转化、创新性发展，让读者进一步感受"山东文化之旅"的独特魅力，激发读者的文化自信自强，从而把烟台建设成为更具影响力的"好客山东 好品山东"文化旅游目的地。

《烟台历史文化故事》分为"烟台往事""烟台名士""文化遗址""多彩非遗"四部分，每部分以历史文化的演进为线索，以重大历史事件、重要历史人物的代表性故事为主要内容，波澜壮阔地展现烟台的历史特点、文化风貌和文化精神。本书共分 4 个一级目，13 个二级目，共计 100 个三级目即 100 个故事。

进入近代以来，烟台在山东最早开埠。改革开放后，1984年烟台成为第一批对外开放的沿海城市。从山海中走来的烟台，一直站立在历史的潮头，乘风破浪，奋勇前进。今天的烟台，天蓝海碧、山清水秀，鱼游浅底、鸥鸟翔集，"仙境海岸、鲜美烟台"，享誉海内外。今天的烟台，正以海纳百川、开放包容的姿态拥抱世界、走向未来！

希望广大读者通过《烟台历史文化故事》这本书，更多地了解烟台，也诚挚欢迎各界朋友走进烟台，触摸这座国家历史文化名城的历史脉动，领略烟台的山海形胜和独特魅力，感受烟台的豪爽与热情。

目　录

一

烟台往事

沧海桑田，社会变迁。烟台有着悠久的历史和灿烂的文化，是中华文明的重要发祥地之一。烟台先民很早就在这里向海而生，繁衍生息，创造了特色鲜明的白石村文化。几千年来，烟台的历史像山海一般，潮来潮往，起伏跌宕。自商周时期开始，烟台文化逐渐与中原文明交流、融汇，此后烟台向心中原，在政治、经济、文化上紧跟中华文明发展的步伐。1861年开埠以后，外国人建立起领事馆、洋行、学校、医院，烟台在"欧风美雨"中走上了近代化的道路。民族工商业随之兴起，烟台逐渐成为胶东的政治、经济、文化中心。1921年中国共产党成立以后，郭寿生建立烟台最早的党组织。1933年中共胶东特委建立，使胶东的党组织有了统一的领导。抗日战争时期，中国共产党建立了胶东抗日根据地，坚持抗日，沉重打击了日军。解放战争时期，烟台既是与国民党作战的前线，又是解放战争的大后方。烟台人民在中国共产党的领导下，书写了一段又一段可歌可泣、气壮山河的壮丽诗篇。

（一）登莱古韵

1. 齐侯占莱地

胶东半岛的统一

在远古时代，烟台偏居海隅，相对孤立，后来随着东西方交往的频繁，烟台文化逐渐与中原文明融汇。一直到春秋中期，这里才成为齐国之地。

早在新石器时代，烟台是东夷族的聚居地，东夷人在这里牧渔桑猎，繁衍生息，创造了富有东方特色的史前文化。当中原地区进入夏商王朝时，东莱地区的社会文明也已经达到了很高水平。

夏王朝时，后羿和寒浞父子是东夷势力的代表。商周时期，胶东地区的主要方国是莱国，其都城即今龙口市姜家村一带的"归城遗址"。据殷墟甲骨文记载，当时中原商王朝曾把东夷作为东方劲敌，莱夷则是东夷族群中的主体力量。到了西周初年，莱侯曾与姜太公争营丘，表明莱国是山东东方很有实力的方国。

据《史记·齐太公世家》记载，约公元前 1046 年，周灭商，武王封姜尚（即吕尚，又名姜子牙）于营丘（在今山东淄博）。姜尚到营丘就国时，大队人马行动迟缓。有人提醒他："快点走呀，现在正是占领营丘的大好时机，否则日久生变。"姜尚听后，马上率队日夜兼程赶到营丘，并安下营寨，做好应变准备。

当时，莱侯尚未臣服周，当莱国国君听说姜尚被封营丘，即将就国的消息后，立刻举兵来夺营丘。当莱军匆匆到达营丘时，姜尚以逸待劳，早已做好迎战准备。双方发生激烈战斗，最后以姜尚取胜而告终。姜尚在营丘建立了齐国，齐与莱国从此长期对峙并存。

春秋初年，诸侯争霸，齐桓公成为春秋首霸。此后，齐惠公为了开拓疆土，维持霸业，于公元前602年第一次伐莱，未攻克。两年后再次伐莱，亦未能攻克。鲁襄公二年（前571），齐灵公派王宫内侍、宦官夙沙卫带兵讨伐莱国，莱国自知不敌，只好另谋良策。莱君派一个叫正舆子的大夫，选了好马百匹，好牛百头，前去贿赂夙沙卫，让他说服齐灵公退兵，这样莱国不动一兵一卒便让齐军不战而回。

鲁襄公六年（前567），齐灵公派将军晏弱驻扎东阳城（今昌乐县境），时刻威胁莱国的安全。晏弱趁莱人戒备松懈下来，迅速发兵，包围了莱国国都。晏弱环绕莱都堆土山，其高度超过了莱都的城墙，形成居高临下的态势。就在这时，以前从齐国叛逃至莱国的大将王湫率部下会同大夫正舆子的部众以及莱国边城棠邑（在今山东即墨区境内）的兵马前来解围，被齐国军队——打败。

晏弱见时机成熟，一举攻破莱城，王湫、正舆子逃往莒国，却被莒人杀害，莱君出逃至棠邑。晏弱乘胜追击，攻破棠邑，莱君成为齐国的俘虏，随后被流放到一个叫郳（小邾国，齐附庸，在今山东枣庄市境内）的地方。

从此，莱国灭亡了，原莱国的领地归并到齐国。通过伐莱战争，齐国国土东扩到胶东半岛，比原先扩大了一倍以上。齐国凭借东莱的渔盐之利，更加兴盛起来。

2. 牟子国东迁

兴鱼盐之利

春秋时期，今山东省烟台市的牟平区、福山区一带为牟子国的属地。同时，据考古发掘，今山东省莱芜市城东10公里的辛庄镇赵家泉村一古老城址为牟国故址。莱芜与烟台两地相距千里，这是怎么回事呢？其实，牟子国原在今莱芜市境内，后跋涉千里东迁至今烟台沿海一带。多次迁徙的背后，是牟子国对和平的向往及其对多舛命运的抗争。

牟国的历史悠久，夏商时便已存在，是我国历史上最古老的方国之一。据《世本》记载，牟子国是祝融之后。传说祝融部落为夏、商所灭，族人被迫迁徙。周初，牟国因支持周王朝而被武王续封为子国，即"牟子国"，封地在今山东省莱芜市以东辛庄镇。

牟子国十分弱小，地理位置正好夹在齐鲁两个大国之间，这种态势使牟子国经常被卷入冲突的漩涡。自西周初重封以来，牟子国一直小心翼翼，靠攀附大国而谋求生存。春秋时期，牟子国在齐国和鲁国之间选了鲁国，成为鲁国的附属国。然而，特殊的地理位置和仰人鼻息、委曲求全的对外政策注定了牟子国的命运多舛。

西周时到春秋初期，鲁国为周王朝控制东方的一个重要邦国，具有一定的实力，鲁国和牟子国的关系也是十分友好的。据记载，公元前697年，邾、牟、葛三国世子朝见鲁桓公。

春秋时期，列国争霸，战争连连。随着齐僖公的迅速崛起，齐桓公的列国称霸，齐国国力很快超过了鲁国。牟子国处于鲁齐冲突的最前沿，多次受到齐国的威胁。牟子国虽为鲁国附属国，然而此时的鲁国早已自顾不暇，无力为牟子国提供保护。公元前684年，齐鲁之间爆发长勺之战。当时长勺并非鲁国国土，而是牟子国在北部的一个邑。经过战争，牟子国境内一片狼藉。牟子国实在无力承受强国之间疯狂的战火迭荡，思量再三，被迫决定再次东迁。此后，牟子国的领地落入了齐国的版图。

为了远离战争侵扰，牟子国国君带领子民，先向东北迁居至营丘一带，然后再次东迁至黄海（当时称东海）之滨，来到今山东烟台牟平区、福山区一带，前后跋山涉水近千里。这个地方原属莱国故地。公元前567年，莱国被齐国所灭后，莱人已南迁，牟子国便在莱国故地定居下来，定都在今烟台市福山区三十里堡。

从内陆来到山海之间的牟子国臣民，迅速调整原有的生产方式，开盐田，兴农业，习捕捞，特别是新兴的渔盐经济得到迅速的发展。迅速富足起来的牟子国以现在的福山为中心，不断向外拓展领土，成为显赫胶东百余年的东夷第一国。

牟子国的多次迁徙，大多是为了躲避战乱。然而在诸侯兼并、大国争霸的动荡时代，单靠躲避是难以长久的。春秋后期，牟子国被齐国吞并。牟子国亡国后，国人以牟为氏，形成牟姓。

3. 秦始皇东巡

芝罘刻石颂功德

公元前 221 年，
秦始皇嬴政（前
259—前 210）灭六
国，一统天下，建
立了我国历史上第
一个统一的中央集
权封建专制国家。
为了宣示自己的文

芝罘岛风光

治武功，臣服天下，治民安邦，秦始皇在他称帝的十一年中，
四次东巡，三次登上之罘岛（今芝罘岛。古称之罘，因之罘山
而得名），留下了千古佳话。

公元前 219 年，秦始皇开始东巡。胶东半岛的之罘一带以
其神秘奇幻的魅力吸引着秦始皇的到来。他从咸阳出发，一路
浩荡东行，不久就进入了胶东半岛。秦始皇登上之罘山，祭拜
阳主，并勒石立碑颂秦功德，然后离去。秦始皇此次东巡不仅
宣扬他统一天下的文治武功，也试图向东方神灵表白自己的英
明仁义，并祈求东方神灵的护佑。

公元前 218 年，秦始皇再次东巡，登上之罘山。秦始皇骋
怀眺海，心旷神怡，不禁豪情激荡，遂命丞相李斯书写铭文，

刻石立碑。碑文（译文）写道：

二十九年（前218），正值仲春时光，春日阳气上升。皇帝东来游览，巡行登上之罘山，观赏大海汪洋。诸臣赞赏景物，思念美善功绩，追颂伟业初创。圣君始建治道，确定制度法规，彰明准则纪纲。对外教化诸侯，广施礼乐恩德，大义公理显扬。六国之君邪僻，贪利永无满足，虐杀不止疯狂。皇帝哀怜民众，发师前往征讨，武德奋扬大振。仗义讨伐守信，声威光烈遍传，海内无不归降。彻底消除强暴，努力拯救万民，遍安远近四方。明法普遍施行，天下治理安定，永为法则纲常。伟大啊！天地神州赤县，共同遵从吾皇。群臣歌颂功德，请求刻于石碑，表率千古永不陨。

秦始皇读着之罘碑文，兴致勃发，遂命李斯再写一文，立于之罘附近的东观。碑文（译文）写道：

二十九年（前218），皇帝春日出游，巡行来到远方。幸临东海之滨，登上之罘高山，观赏初升朝阳。遥望广阔绚丽，众臣推原思念，圣道灿烂辉煌。圣法刚刚实行，对内清理陋习，对外诛灭暴强。军威远扬四海，震撼四面八方，终于擒灭六王。开拓一统天下，灭绝种种灾害，兵器永远收藏。皇帝修明圣德，经营治理天下，明视兼听不倦。树立申明大义，设置种种器物，全有等级规章。大臣安守职分，都知各自事务，诸事毕无猜想。百姓移风易俗，远近同一尺度，终身不触法网。贯常职务已定，后代遵循先业，永远承袭圣治。群臣颂扬大德，敬赞圣明伟业，请刻之罘永志。

这就是历史上著名的《之罘碑文》和《东观碑文》。石碑早已荡然无存，幸运的是，司马迁记载下了完整的碑文。

公元前210年，秦始皇第三次来到之罘岛。秦始皇三次东巡，虽然宣示了他的文治武功，祭拜了阳主，但并未得到长生不老之药，这让他饮恨终身。

4. 徐福东渡

故里徐乡今安在

现在的龙口市徐福镇，古称徐乡县，为秦朝方士徐福故里，现存黄河营古港遗址、屺木洞、徐母坟等遗址。

徐福（生卒年不详），亦作徐市，字君房，齐郡黄县（今龙口市）徐乡人。他博学多才，通晓医学、天文、航海等知识，是战国末期至秦朝时期的杰出方士，也是东方海上丝绸之路的开创者、中日韩文化交流的友好使者。

公元前219年，秦始皇东巡来到胶东。《史记》记载：齐人徐市上书皇帝，说渤海中有蓬莱、方丈、瀛洲三座神山，有仙人居住，吃了神山里的仙药，就能长生不老；他愿意带领童男童女为皇上入海寻仙，求长生不老之药。在琅琊（今临沂市）

的时候，秦始皇召见了徐福。徐福凭着丰富的知识和能言善辩的口才，赢得了始皇的信任。始皇拨给徐福巨资和财物，命他入海寻仙药。

没过多久，徐福就回来了，自称见到海神，而海神以礼物太薄，拒绝给仙药。只有准备童男女和各种工匠用具作为献礼，才能得到仙药。始皇信以为真，遂派五百名童男女随徐福再次出海。

第二年，秦始皇再次东巡，在琅琊没有见到徐福。公元前210年，他第三次东巡。徐福一直没有找到仙药，担心受谴，只得蒙骗皇帝说：蓬莱仙山确实有仙药，出海时常遇大蛟鱼阻拦，所以不能到达，请派弓箭手一同前往，如果见到大蛟鱼，就用连弩射死它。说来也巧，秦始皇前几天刚刚梦到与海神在大海上交战。秦始皇信了徐福的话，亲自带领弓弩手出海。在之罘海域，秦始皇真的遇到了大蛟鱼，他挽弓射箭，将其射死。始皇心想，这下好了，徐福可以取到仙药了。

但是，秦始皇没有等到仙药，就在返回咸阳的路上暴病而死。徐福则在同一年，打着为始皇"入海求仙人"的旗号，率领庞大的船队，载着童男童女三千人，由胶东半岛浩荡启航，开始了他冒险东渡、逃离暴秦虐政和海外创业发展的传奇生涯。有传说称，徐福东渡去了日本，生活在富士山脚下。一直到晚年，仍念念不忘故里徐乡。

徐福东渡是中国古代第一次大规模的航海活动，是世界航海史上的伟大壮举，比郑和下西洋、哥伦布发现美洲大陆早一千六百年以上。徐福把先进的中国文化带到日本列岛和朝鲜半岛，极大促进了当地社会的全面发展，因而在日、韩多地，徐福被奉为神一样的存在，其纪念馆、雕像等随处可见，供人们参观瞻仰。

司马迁对"齐人徐市"语焉不详。1991年9月，中日两国八十多位专家学者齐聚龙口进行学术研讨，达成共识：徐福故里必须符合五项条件：属齐人，始皇东巡经过之地，靠近渤海三神山，方士活动集中的燕齐沿海一带，东渡出海方便之地。著名秦汉史专家安作璋教授经过深入考证，认为"徐福故里当在黄县"。由全国人大常委会原副委员长、著名史学家周谷城题写的"秦方士徐福故里"石碑，巍然矗立在龙口市美丽的徐福公园中。

5. 汉武帝东巡

三山祀阴主

三山岛位于山东省烟台莱州市，原是耸立于海中的三个山头。三山岛虽是弹丸之地，但由于秦皇汉武等多次来此祭祀、求仙拜神而名气大增。东莱之地究竟有什么样的神秘力量，能够让两位"雄才大略"的皇帝如此神往呢？

公元前219年，秦始皇完成了封禅泰山的旷世盛典后，登之罘，立石颂秦德。在巡游东方时，他受燕齐方士之学的影响，礼敬齐地"八神"，祈求福佑。秦始皇曾亲临三山岛，并且在这里举行祭祀阴主的活动。

在秦始皇三山岛祭祀阴主一百一十年之后，汉武帝也踏上了这块神奇的土地。西汉元封二年（前109），汉武帝在完成了封禅泰山之后，沿着秦始皇东巡的足迹，来到胶东半岛。汉武帝御驾亲临的目的与秦始皇极为相似，一是借助神权的力量来维护皇权，再就是寻访仙人，追求长生不老。

汉武帝对东方仙岛神往已久，对方士所说的"通仙之术"笃信不疑。在众多方士中，栾大是最出风头的一个。他原本是胶东王刘康的官人。栾大高大魁梧，仪表堂堂，汉武帝第一次见到他，即十分赏识他，大有相见恨晚的感觉。栾大能言善辩，擅长夸夸其谈，迅速得到汉武帝的信任。栾大跟汉武帝说，自己常往来于海上，与"安期""羡门"等仙人会面。

汉武帝大喜过望，隆重地拜栾大为"五利将军"。此后，汉武帝颁授给他四通官印，并加封他为"乐通侯"。汉武帝把皇后卫子夫所生的长女嫁给栾大为妻。然而，栾大大话连篇，却迟迟无法兑现其许诺，令汉武帝十分失望。汉武帝盛怒之下，将他处以腰斩的酷刑。

栾大死后，汉武帝寻找"三神山"和长生不老之术的兴致丝毫没有减退。在这种背景下，另一位方士公孙卿粉墨登场。在公孙卿的鼓动下，元封元年（前110），汉武帝"东巡海上，行礼祀八神"，希望遇到神仙显灵，助他长生不老。汉武帝祭祀的主要是胶东的五位神主，其中就有莱州三山的阴主。

汉武帝求仙心切，不断增发船只入海，派方士数千人求蓬莱神人。同时，他对公孙卿更为器重，令他持节先行，在名山中寻访神仙。公孙卿向汉武帝汇报，神人出现在东莱（郡治掖县，即今莱州）境内，发出的声音似乎是"见天子"。汉武帝听后，再也按捺不住兴奋的心情，决定起驾东巡。元封二年（前109）正月，正值隆冬季节，汉武帝来到东莱，并在此留宿多日。尽管汉武帝求仙之心虔诚之至，但始终未见神仙踪影。

这一年，适逢黄河决口，天下大旱，汉武帝声称此行的目的是祈祷降水以缓解灾情，于是率一众人马前往莱州三山岛附近的万里沙祠祭拜求雨。到了晚年，汉武帝有所醒悟，认识到自己到处访求仙药的做法是多么愚蠢和无知。

就秦汉帝国的辽阔版图而言，三山岛、万里沙都只是弹丸之地，但却把秦始皇、汉武帝两位先后吸引至此，虔诚地祭拜祝祷，这说明胶东之地在古代的祭祀系统中占有十分特殊的地位。

6. 唐太宗东征

屯兵登莱

隋朝时期与唐朝初年，朝鲜半岛分为高丽、百济、新罗三个国家。三国为了各自的利益相互纷争，战争连续不断，有时甚至把战火蔓延至中国境内。隋王朝、唐王朝为了维护自身安全，或出面调停，或应某一方要求出兵朝鲜半岛。在中国出兵朝鲜半岛的军事行动中，山东北部沿海的莱州、登州及其沿海港口成为主要后方军事基地。

隋朝初年，高丽王率万余铁骑侵略辽西，隋文帝大怒，命水军总管周罗睺自东莱泛海，起兵平壤城。大业初年，隋炀帝受百济王之请求出兵朝鲜。大业七年（611），隋炀帝下诏讨伐高丽，命幽州总管元弘嗣在东莱海口造船三百艘。

唐朝初年，高丽、百济、新罗三国依然互相攻讨，战火不断。新罗王朝势力较弱，多次向唐王朝求援，希望制止高丽、百济的侵扰。唐太宗多次劝说当时势力最强的高丽停止侵略新罗，但高丽王自恃兵强马壮，在战争中掌握主动权，拒不接受。唐太宗见好言相劝不能奏效，只得改变策略，继续以武力作为调控朝鲜半岛秩序的手段。

贞观十九年（645），唐太宗命刑部尚书张亮为平壤道行军大总管，领将军常何等率劲旅四万，战船五百艘，自莱州渡海直奔辽东半岛。贞观二十一年（647）三月，又以左武卫大将军牛进达为青丘道行军大总管，以右武侯将军李海岸副之，发兵万余人，乘楼船自莱州渡海，横跨渤海海峡，入辽东半岛抵御高丽军队。贞观二十二年（648），薛万彻为青丘道行军大总管，率领甲士三万，自莱州渡海征讨高丽。大军到达鸭绿江口后，由鸭绿江溯流而上百余里，直至泊灼城（今丹东市附近）。

唐太宗出兵朝鲜，有力地打击了高丽，但百济的势力并没有受到影响，百济联合高丽，继续侵扰新罗。唐永徽六年（655），新罗请求唐王朝出兵支援。显庆五年（660）三月，唐高宗命左武卫大将军苏定方为神丘道行军大总管，金仁问为副大总管，率水陆十三万大军讨伐百济。六月十八日，苏定方从胶东半岛最东部的成山出发，随海流东下，直奔朝鲜半岛。由莱州渡海而来的唐朝军队与新罗军队密切配合，大败百济军队，百济灭亡。然后，苏定方大军挥师北上，直指平壤。此后，百济的残余势力与倭国（日本）相勾结，准备与唐和新罗联军决战。唐龙朔三年（663），唐和新罗联军连续取得四次大规模胜利，焚毁敌船四百余艘，百济军和倭军大败，缴械投降者甚众。总章元年（668），唐军、新罗军队联合灭掉高句丽。新罗军队在唐军的支持和配合下，先后灭百济、高句丽，改变了朝鲜半岛三国纷争的历史。

唐朝多次征伐高丽，都是自莱州沿海渡海。当时，莱州辖整个胶东半岛，出兵的海口不限于今莱州沿海一带，也包括登州、成山等处，这充分说明莱州沿海一带战略地位的重要性。

7. 重修东海神庙

祭海"国庙"的兴盛

在今天莱州城西十八里处海庙姜家村有东海神庙遗址。东海神庙的历史十分悠久，可以追溯到汉代。

古代先民出于对自然界的敬畏，曾经把一切超越人力的自然现象都看作神力所致，日月星辰、风雨雷电、大江大河等则被视为神灵。在中国古代祭祀中，很早就有"岳镇海渎"的说法，指的是"五岳五镇四海四渎"。五岳指泰山、华山、衡山、恒山、嵩山五座大山。五镇为沂山、吴山、会稽山、医巫闾山、霍山。四海即北海、东海、南海、西海。四渎即长江、黄河、淮河、济水四条大河。这些祭祀是历朝历代除了祭天之外最重要的祭祀内容。

古时，中国四境有海环绕，各按方位为东海、南海、西海、北海。在四海中，东海居四海之首，东海之神为至高无上的神，东海祭祀自然居于祭海之首。到西汉时，天文学家、星象学家根据星象的位置，选定莱州城西偏北十八公里处的海边，作为祭海最佳处。

从唐代开始，历代均于莱州东海神庙对东海进行祭祀，且规格越来越高。到唐玄宗天宝十年（751），在莱州祭祀东海神的制度更为规整。

东海神庙规模的扩大，始于北宋开宝年间。相传宋太祖赵匡胤当年曾在莱州掖县落难，被敌兵追杀，他慌不择路，躲进海水祠，后侥幸脱险。赵匡胤即位后，遣使至莱州祭祀东海，并于开宝六年（973）在前代海水祠的基础上，大修东海庙。其后千余年间，历代祭祀东海的仪式均在此进行。对东海之神的称呼，历代不一，唐代诏封东海神为"广德王"，宋代诏封东海神为"润圣广德王"。到了元代，加封东海神为"广德灵会王"。明清时期，撤去王号，直呼"东海之神"。

元代，莱州是南粮北运的重要集散地，东海神庙以北建有著名的"朱王仓"。官员们为祈求海运安全，定期在海神庙举行祭祀活动。

明代时，朝廷对东海神的祭祀正式纳入国家祀典，每年春、秋致祭，东海神庙不仅成为祭海国庙，而且是全国至高至尊的"海神宫"。每位帝王即位之时，都会专门派遣重要官员至东海神庙进行祭祀。遇到旱涝灾害时，皇帝也会遣使祭祀东海，以求福佑。每次祭祀活动之后，都要勒碑纪铭，以志感念东海之神。

清代承明代之制，每遇国家大事，如用兵、即位、灾害等，都遣官致祭。据记载：鸦片战争期间，英国军舰"欲从西山口登岸，窥探城市。维时风浪大作……自是，大小夷船皆不敢傍岸……皆由海神显应"。时任登莱青兵备道王镇为"感海神之护佑"，从海防经费中拨款，大修海神庙。

经历代拓修，到民国时期，东海神庙规制宏大，已经具有东西两跨院、前后各三进院落的规模，占地面积约四十亩。主体建筑由海庙大殿、寝殿（娘娘庙）、钟鼓楼、御碑亭、康熙手书"海天浴日"石坊、乾隆"万派朝宗"石坊、望海楼等。其正殿的海庙画壁是久负盛名的"掖县八景"之一。至1946年，东海神庙被拆除，祭海仪式和庙会停办。

8. 奇山守御千户所

"烟台"名称的由来

元末明初，倭寇肆虐，芝罘一带海域屡受侵扰。明洪武三十一年（1398），朱元璋颁诏在奇山之北设立守御千户所。卫所制是明代军事制度，规定5600人为一卫，1120人为一所，112人为百户所。

烟台奇山所城旧址

单独驻扎一个地方，直接归都指挥使司管辖的千户所，叫守御千户所。奇山守御千户所直属山东都指挥使司。

宣德六年（1431），皇帝朱瞻基委派张升任守御千户所副千户。在张升的主持下，经过军民多年奋斗，在奇山北麓筑起了一座军事城堡——奇山守御千户所城。据记载：奇山守御所城，砖城，周二里，高二丈二尺，阔两丈，门四，楼铺十六，池阔三丈五尺，深一丈。城有四门，东谓保德门，西谓宣化门，南谓福禄门，北谓朝宗门。城中十字大街连接四座城门，城上设有四座敌楼，十六座铺。沿城墙内侧建有环形马道，人马可以直接登上城墙巡逻御敌。

奇山守御千户所的指挥所设在北门里，所城西北设有千户衙门，西南设粮草和军械库房，东南有练兵场，东北为官眷居住地。奇山所在所城北山（今烟台山）等七处设狼烟墩台，一旦发现敌情，烽烟报警。"烟台"，狼烟墩台的意思，烟台地名即由此演变而来。

清初，奇山守御千户所被废除，军变民地，改称奇山社。所城内民宅大兴，人口逐渐增多，其中张、刘千户两大姓发展到两千多户。

早在距今七千年前的新石器时期，烟台先人就在这里耕田捕鱼，繁衍生息。今烟台一带古称之罘，因之罘山而得名，《史记》及以后的文献都记述过它。历经数朝数代，一直沿用"之罘"这个名称。"烟台"这个名称起初指的是位于今烟台山上的狼烟墩台。1861年烟台开埠后，"烟台"主要指的是商埠。直到1908年，福山县废保社，将全县划为二十个区，其中在现芝罘区范围内主要设置了五个区，分别为芝罘区、芝水区、烟台区、莱山区和黄务区，直到这时"烟台"作为一级行政组织才名列册籍。

奇山所城承载了烟台的历史文化、民风民俗，见证了烟台城市的发展和变迁。2006年，奇山所城被公布为山东省第三批省级文物保护单位。2013年，烟台被列为"国家历史文化名城"。

9. 于七抗清兵

山前弃靴，山后夺路

于七（1607—1701），山东栖霞唐家泊村人。本名乐吾，排行第七，故称于七。于七膂力过人，刚烈好强。十三岁拜师习武，二十三岁考中武举。此后常与绿林中人切磋武艺，声望日隆。

顺治二年（1645），清兵占据胶东，再加上连年灾荒，民不聊生。顺治五年（1648）二月，县衙派兵丁来唐家泊勒索钱财，于七率众把官府兵丁赶出村子，这极大鼓舞了乡间抗清队伍的发展。于七一面利用锯齿山（牙山）建立据点，一面与邻县的抗清队伍联合。顺治七年（1650），于七率义军两千余人，一举攻破宁海州（今牟平区），杀死知州刘文琪，开仓放粮，赈济贫民。当时清政府自顾不暇，于是让登州知府张尚贤采取怀柔政策，招抚于七为栖霞把总。于七利用这个身份，密交反清志士，发展武装力量，以图日后大计。

顺治十八年（1661），当地豪绅宋彝秉在莱阳宝泉山庙会上与于七弟弟于九发生斗殴。宋家不甘受辱，在京城为官的宋彝秉之父宋璜状告于七图谋不轨，有反清复明之嫌。清政府调兵遣将，讨伐于七。于九、于十被清兵杀害。于七闻讯，杀死栖霞知县，率百余名义军突袭莱阳宋氏庄园，杀死数人。于七深知官府不会罢休，他一边囤积粮草于锯齿山，一边招集旧部，以迎击清兵。

十二月初一，清兵列营锯齿山下，于七也早已在西起唐家泊、东至接官亭的地段上，建立起以锯齿山为依托的营垒防区，设置路障，备好 石滚木。首战接官亭，于七义军大获全胜。后因寡不敌众，退守牙山主峰。激战中，义军们一个个浴血奋战，英勇杀敌。于七单刀据守要道，将攀缘至此的清兵一一砍下山崖。清政府增兵达三万有余，改"强攻"为"围困"，历时三月之久。这时，义军已到粮尽援绝的地步。为了保存有生力量，于七苦思冥想，终得一计：山前弃靴，山后夺路。他将所穿战靴丢弃在山前，绕到山后直冲清兵大营，清兵仓促应战。趁清兵慌乱之际，于七成功突围。到了天明，清兵在山前发现于七的战靴，以为于七由山前逃跑，急忙追赶。岂不知，于七昨晚已在夜幕掩护下从山后扬长而去。

于七突围后，先奔招虎山，后辗转到崂山，拜华严寺慈霑上人为师。师傅"以沸水烫其面"，让于七扮作麻风病人，躲过清兵的盘查和追杀。康熙十六年（1677），于七被推为华严寺第三代住持。期间，他精研武功，创螳螂拳法，九十四岁离世。

（二）近代风云

1. 托浑布督防登州

"海不扬波"

在今天蓬莱水城水门的东西两侧炮台，安放着两门铁炮，炮身长度超两米，炮身有数道炮箍，中段铸有一对炮耳，炮身前段阳铸铭文，铭文内容分别是"大清道光二十一年孟夏，山东巡抚托、登州总镇玉督制，大炮一位重二千斤，登州府知府诸镇监造。""大清道光二十一年孟夏，山东巡抚托、登州总镇玉督制，大炮一位重六千斤，登州府知府诸镇监造，福建匠人林□□铸。"这两门炮不是复制品，而是鸦片战争时期山东巡抚托浑布在登州筹办海防时所铸造的大型铁炮。

1840 年 6 月，鸦片战争爆发。7 月，英军攻陷浙江重镇定海，随后多艘英国船只北上驶入登莱洋面，停泊在砣矶岛及烟台等处停泊窥测，补充给养。8 月初，英国远征军海陆联军司令、海军少将乔治·懿律率军舰由定海北上，途经荣成成山角、长山岛进犯天津大沽口。山东沿海基本上处于有"海"无"防"的状态。

鸦片战争爆发后，举国震惊，沿海戒严，山东沿海的形势也顿时紧张起来。登州控扼渤海海峡，对保卫京师的安全具有重要意义，因此清政府紧急命山东巡抚托浑布率兵到登州府督察。

道光二十一年（1841），托浑布经过详细勘察，着手在登州海滨要害地点增加炮位，先后在沿海要隘分别安放大炮三百余门，并在烟台、石岛、庙岛、砣矶岛等地的重要地段埋设炸药、堆筑沙堤，挖掘壕沟。与此同时，托浑布又饬令蓬莱知县王文焘调集民工，在水城东北海边修筑沙城，以拱卫登州府城。沙城长数里，分八段，北距海边约五十米，南距府城约五百米左右。沙城上有青砖砌成的敌台十余座，上置火炮。

当时，登州原有火炮陈旧落后、数量少，当务之急是在登州沿海增添重型火炮。托浑布派人去福建学习铸炮技术，并从该省招募工匠赴山东协助铸炮。历经近一年的时间，登州铸炮工作顺利完成。这批铁炮最初被安放在沙城空旷处，鸦片战争后被移入登州府城北门炮局内。

有一天，托浑布登上蓬莱阁，望着广阔无际的大海，触景生情，感慨万分，挥笔写下了"海不扬波"四个字，表达了他希望万里海疆平安无事的愿望。这四个字后来被镌刻在石头上，嵌在蓬莱阁主楼的后壁之上。

山东巡抚托浑布题写的"海不扬波"

然而，历史跟托浑布开了一个大大的玩笑。五十多年后的1894年，甲午中日战争爆发，战火蔓延到了蓬莱。1895年1月18日，日舰炮击蓬莱城，一发炮弹正好击中了"海不扬波"中的"不"字，把大半个"不"字打飞。这是对晚清海防的莫大讽刺与侮辱！

我们今天看到的"海不扬波"，是后来修补过的。事实证明，没有强盛的国家和强大的海防，"海不扬波"的愿望只能成为一种幻想。

2. 烟台开埠

马礼逊选址太平湾

咸丰十一年（1861），烟台宣告开埠，这是近代山东第一个对外开放口岸，也是当时北方最早的三个开埠城市之一。

所谓开埠，就是开辟为通商口岸。咸丰八年（1858），清政府被迫同英、法、俄等国签订了《天津条约》。条约规定，开放登州（今烟台市蓬莱区）与南京、汉口等十处为通商口岸。三年后，烟台（今烟台市芝罘区）取代登州开埠。这究竟是怎么回事呢？

咸丰十一年（1861）初，受英国驻华公使委派，英国驻天津领事马礼逊从天津进入山东，与山东巡抚文煜相见。文煜派候补知府董步云陪同马礼逊前往登州筹备开埠事宜。董步云有过同洋人打交道的经历。一年前，他奉命到烟台与法军交涉，得到过咸丰皇帝的肯定。马礼逊的父亲老马礼逊是西方最早到中国来的传教士，他第一个把《圣经》译成中文，编辑出版了中国第一部《华英字典》，并在澳门开办了第一家中西医诊所。小马礼逊生在澳门，长在澳门，他对中国比对他的祖国还要熟悉，享有"中国通"的赞誉。

3月的一天，马礼逊与董步云抵达登州。看到登州港水浅滩平，不利于船舶进出停靠，而港口外围也没有避风屏障，显然不是理想中的海港，马礼逊十分失望，连连摇头。当他们沿着海岸线东进不久，美丽的芝罘湾进入了他们的视野。他们登上三面环海的烟台山，极目远眺，只见北面的芝罘岛横卧海中，阻挡着北方袭来的狂风巨浪；东北部的崆峒群岛耸立海面，恰似道道屏障，拱卫着宽阔的海口；烟台山西侧的太平湾水深莫测，可供大吨位船舶的进出停靠；更可贵的是，这里位于黄海之滨，与辽东半岛相望，与日本、韩国一衣带水……就这里了！马礼逊庆幸自己终于找到了理想港口，遂迅速返京，向公使报告。5月，经清政府同意，开埠地点由登州改为烟台。这就是烟台取代登州被开放为通商口岸的经过。

7月，清廷派直隶候补知府、登州人王启曾等到烟台主持开埠事宜。王启曾一行到烟台后，夜以继日地筹备，仅仅过了一个多月就宣布开关征税、对外开放。

同治元年（1862），登莱青道由莱州移驻烟台。同年4月，在烟台山东坡设立海关监督衙门，登莱青道道台崇芳兼任东海关监督。

烟台开埠后，英、法、德、美、日、俄等十七个国家在烟台设立领事馆。洋人办的商行、银行、教堂、学校、医院纷纷落户烟台，极大促进了烟台经济贸易、文化教育、科技卫生等方面的发展。烟台的民族工商业也日渐兴盛起来。到清末，城市人口发展到近十万人，烟台成为中国北方重要的政治、经济、文化重镇。

3. 登州文会馆

中国最早的现代型大学

第二次鸦片战争期间，清政府与西方列强签订了《天津条约》，其中规定：登州开放为通商口岸，外国传教士可进入内地传教。

狄考文（1836—1908），美国北长老会传教士，神学、法学博士。1863年7月3日，狄考文携新婚妻子乘船先抵达上海，1864年1月到达登州。在传教过程中，他强烈感受到成年人对外国人的抵触，从而萌生了培养儿童的想法。在妻子的协助下，狄考文租废弃的寺院，办起蒙养学堂。第一期只招到六名学生，全是贫家子弟。狄考文不仅免去学生学费，还提供衣食和学习用品。

1873年，登州蒙养学堂更名为"登州男子高等学堂"，办学规模逐渐向大学方向发展。1876年，第一届三名毕业生邹立文、李青山、李秉义毕业，这三人后来被由文会馆发展而来的齐鲁大学视为第一届校友。这比上海圣约翰书院（即后来的圣约翰大学）早三年，比北京汇文院、通州的潞河院（两校当时都称书院，后合并为燕京大学）早十几年。1877年，更名为"登州文会馆"，这是我国最早的现代型大学。

文会馆除讲授国学外，还开设数学、物理、化学等自然学科，以及圣经、英文、心理学、逻辑学等课程。首任校长狄考文博士一面按自己的设想办学，一面向长老会总部递交呈文：对学生施以充分的中西学教育，所有课程都用中文讲授，逐步实现学生自备学费，尽快培养一批能够胜任教学工作的中国籍教师，学校有计划分步骤地向中心地区迁移。

1897 年至 1900 年间，中国外患内忧迭起，先是德国人占领胶澳（今胶州湾），继而百日维新失败，接着义和团运动兴起，在华的外国人受到严重冲击，文会馆教学难以为继，在登州的传教士纷纷取道烟台到朝鲜半岛避难。

1904 年，登州文会馆迁移潍县，与英国浸礼会在青州创办的广德书院中的大学班合并，更名为"广文学堂"。1917 年，广文学堂和青州的神学院迁济南，正式组成齐鲁大学，下设文理学院、医学院、神学院。

登州文会馆从一开始就采用了现代教学制度和教学方法，在办学目的、方向和体制上冲破了中国传统教育的藩篱，有力冲击了传统教育观念和教育思想，培养出中国第一批有资格走上高等学府讲台的、能够用中国语言讲授自然科学的教师。

在中国生活了四十五年的传教士教育家狄考文，是近代中西文化交流的先驱和桥梁，为中国近现代教育作出了特殊的贡献。1908 年 9 月 28 日，狄考文博士在青岛去世，享年七十二岁。

4. 西洋苹果引进烟台

烟台苹果的前世今生

烟台素有"苹果之乡"的美誉。这里盛产的苹果个头硕大、颜色红艳、果汁甘甜、口感脆爽，这不仅得益于烟台优越的天然条件，同时也与烟台优良的苹果品种密不可分。

烟台是我国最早引进、栽培西洋苹果的地区。著名园艺学家吴耕民教授在《解放前我国果树园艺发展概略》一书中记述：西洋苹果最早由传教士倪氏引入山东烟台栽培，其后传至各地。吴教授所说的这个倪氏就是美国传教士倪维思。

倪维思，1829年出生在美国纽约州的一个农场主家庭。大学毕业后，倪维思先在一所学校任教，后考入普林斯顿神学院。1853年毕业，经美国长老会总部批准，他带着新婚的妻子来到中国。起初几年，他在上海、杭州和宁波等地传教。1861年烟台开埠，倪维思被派遣到了登州（今烟台市蓬莱区）。在登州传教期间，倪维思夫妇创办了登州女子学堂，这也是山东第一所女子学校。1871年，倪维思来到烟台传教，在此期间，他把西洋苹果引入烟台，开启了我国现代苹果栽培史的新纪元。

烟台种植苹果的历史十分久远，那时这里的苹果虽光洁有香气，但个头小、果肉绵、果汁少、口味淡，与美国苹果相距甚远。倪维思年轻时学习过果树栽培技术，来到烟台后，他发现这里的自然条件与家乡差不多，但苹果口感很差。倪维思断定，果树品种是主要原因。于是，他决定引进优良树种，改良烟台苹果。

1864 年，倪维思因妻子患病返回美国。期间，倪维思广泛搜罗美国以及欧洲各地适合山东土壤气候的果树品种。1871年倪维思重返烟台时，带来了西洋苹果、洋梨、美洲葡萄、欧洲李及甜樱桃等果树品种，并买下毓璜顶东坡十余亩土地，建成"广兴果园"。他定期传授专业的种植技术和经验，并将果树接穗无偿送给前来索取的当地人。几年后，倪维思带来的苹果苗结出了与本地苹果迥然不同的果实：个头大、果肉脆、皮薄汁多、酸甜可口。当地百姓口耳相传，并设法取得西洋苹果的枝条，与当地绵苹果嫁接。

20 世纪初，福山农民唐殿功经过广兴果园时，看到果园里与众不同的苹果，便偷偷剪下几根枝条，回村后嫁接到自家的果树上。三年后，果树结出了甜美的果实。唐殿功又将自家果园的枝条剪下，送给乡亲们嫁接栽培。青香蕉、红香蕉、金帅等苹果便在福山一带繁衍开来。

倪维思将美国苹果引入烟台并嫁接成功，自此以后烟台苹果蜚声遐迩，驰名中外。1893 年 10 月 19 日，倪维思在烟台逝世，享年六十二岁。

5. 丁宝桢督建西炮台

"威振罘山"

烟台西炮台地势突兀，位置险要，面对海湾，视野开阔，军事位置十分重要。西炮台的正式名称为"通伸冈炮台"，是在山东巡抚丁宝桢的大力推动和具体规划下建造完成的。

烟台西炮台·地下指挥所

丁宝桢（1820—1886），字稚璜，贵州平远（今织金）人，是中国近代史上颇有影响的人物，有"中兴名将"之称。他二十三岁中举人，三十三岁中进士，四十三岁到山东担任按察使，同治六年（1867）升任山东巡抚。丁宝桢在此任上积极兴办洋务，尤其在加强海防建设方面功绩卓著。

烟台西炮台·东北角炮台

光绪元年（1875），外国列强以种种借口，不断侵扰烟台海域。山东巡抚丁宝桢看在眼里、急在心上，屡屡上奏，要求在烟台、威海、长岛、登州等地筑建永久炮台。朝廷准奏，按照丁宝桢的总体规划，炮台开工建设。

通伸岗炮台面对芝罘湾，居高临下，视野开阔。站在炮台之上，北面的芝罘岛、福山和蓬莱交汇处的八角口、牟平境内的养马岛皆历历在目。整个炮台由围墙、瓮城、演兵场、地下坑道、指挥所、弹药库等组成，布局科学合理、严密紧凑，共置炮八门。炮台围墙依山势而建，形成不规则的四边形，全长七百多米；墙体全部用黄米汤拌三合土夯实而成，坚固异常；外面抹以白色石灰砂浆罩面，每一个墙垛上都有射孔。光绪二年（1876），丁宝桢风尘仆仆来到烟台，认真察看了刚建成的通伸冈炮台后，当机立断，决定把射程和威力都有限的土炮改成德国造克虏伯大炮。翌年改装成功，六座炮台炮口可分别射向东南、西南、东北、西北各个方向。

炮台南侧建城门，门上横刻"东藩"两个大字，字体苍劲有力，寓意这里是京津的屏障。城门北面是演兵场，穿过演兵场沿台阶而上便是指挥所；坚固的石门上横刻"威振罘山"四个大字，雄健有力，不同凡响；二门上刻有"巩金汤"三个字，厚重遒劲，气势不凡。指挥所、地下坑道、兵营全部采用淡粉色石岛石砌成，指挥所内部有宽敞的地下隧道，通向各半地下兵营和弹药库，也可直接到达各炮台口的位置。

光绪二十七年（1901），外国列强慑于沿海一带炮台的强大防御能力，在《辛丑条约》中无理要求拆毁天津大沽口到北京沿线设防的炮台。烟台西炮台虽历经战乱，除原有大炮外，其他大部分设施保存完好。2013年，西炮台被列为全国重点文物保护单位。

6. 启喑学馆

中国第一所聋哑学校

在今天的海军航空大学院内,有一座保存完好的西式建筑,人们称它为"石头楼",这是当年烟台启喑学馆所在地。美国传教士梅里士及其夫人安尼塔·汤浦生是这所学校的创办人。

安尼塔·汤浦生,1853 年出生于美国纽约波蒂奇镇。1876年陪伴失聪的弟弟到罗彻斯特聋哑学校上学,并被该校聘任。1878 年,已在中国传教的神学博士梅里士将自己聋哑儿子送回美国纽约聋人学校学习,汤浦生正是照顾他儿子的老师,他们相识了。汤浦生 1884 年来华,在登州与丧妻多年的梅里士结为夫妻。这位为爱情来华的梅里士夫人,心中还有一个执念:让中国的聋哑人受到教育。

梅里士夫妇决定创办聋哑学校。汤浦生不会汉语,于是她突击学习,很快就学会了由二百二十个汉字组成的一百九十个句子。紧接着,她着手为中国聋哑孩子编写第一本教材《启喑初阶》。经过充分准备,1887 年登州启暗学馆成立了,这是中国第一所聋哑学校。

1895 年 6 月,梅里士不幸病逝。美国长老会停止了经费供给,学馆无奈关闭。汤浦生忍受着丧夫之痛,一面继续布道,一面写信向欧美友人求援。1897 年,美国罗彻斯特聋哑学校校长来信,表示愿意帮助一年,但要求她必须放下传教,全身心投入聋哑教育。汤浦生为了心中的执念，于 1898 年 2 月 1 日放弃传教，迁校烟台，专门从事聋哑教育。

1900 年，汤浦生利用亡夫抚恤金、贷款和募捐，在芝罘东山海滨购地建设新校舍。此后二十年间，学校历经艰难，汤浦生始终不离不弃，坚持办学。为此，她常年奔走于社会各界之间，多次西行欧美，宣传中国的聋哑教育。1906 年，汤浦生在美作报告二十九次，书写信件四十余封，接受多次采访，其辛勤努力和顽强精神得到罗斯福总统和美国各界人士的赞扬和支持。海伦·凯勒呼吁帮助中国的聋哑孩子，并赠送七百多美金。美国约二百处聋哑学校每年可捐助三千八百美金。

1907 年，汤浦生开始了中国聋哑教育史上影响巨大的内地巡回演说，他们一行五人先后在天津、北京、武汉、上海等十六座城市举行了五十余次演讲，召开了五十多次会议，给三万多名中国人作示范表演，极大推动了中国特殊教育事业的发展。

1906 年，汤浦生聘请美国著名聋哑教授卡特来学校任教。翌年启喑学馆改为烟台启喑学校。1909 年，美国长老会接手学校，供给经费。学校再次征地，扩大校舍，完善教学设施。至此，烟台启喑学校已成为国内一流的学校，慕名前来学习培训的学员络绎不绝。

1923 年，七十岁高龄的汤浦生功成身退，卡特接任校长。1929 年 4 月汤浦生病逝于南京，享年七十六岁。

7. 李鸿章巡阅东炮台

"表海风雄"

烟台山以东三四公里的海边，有一座岿岱山。1886 年 5 月 22 日，直隶总督李鸿章抵达烟台巡阅通伸冈炮台后，来到岿岱山，见这里山势突兀，三面环海，位置险要，决定立即上奏清政府，要求在这里再建一座炮台，与西边的通伸冈炮台互为犄角，严控烟台海域。

很快，李鸿章的请求得到光绪帝的同意。李鸿章遵旨督建，请德国技师督造安装当时最先进的克虏伯大炮。经过五年施工，到光绪十七年（1891）耗资百余万两白银的东炮台竣工。因通伸冈炮台在西，故称作西炮台；岿岱山居东，称为东炮台。

烟台东炮台

东炮台凭山临海，东、西、北三面均为水深约二十米的悬崖峭壁，是天然关隘。东炮台的布局与西炮台相似，亦由跑位、护墙、大门、地井、坑道、营房等组成。南面正中建有阔大拱门，门额刻有"表海风雄"四字。大门内为练兵场，正中为三个炮位，皆为地坑式。中心炮台呈"U"字形，南向开口有台阶可通地面，通道两侧皆设耳室；北部东西两壁各有连接地井的通道，内有洞室，可藏兵储弹；中心炮台东北与西北处分别设置小炮台，拱卫大炮台。中心炮台以南建有地井，地下筑有营房两栋，与中心炮台连通。营房大门外东侧有壕沟，通往混凝土高台地堡；大门东南也有壕沟，通向两座混凝土地堡；地堡面朝大海处设有窗口，可瞭望，可射击。

　　拱形大门上的匾额"表海风雄"四个大字，笔力千钧，雄浑厚重，气象庄严。据史料记载，这四字出自李鸿章写给时任登州镇总兵章高元信中"迎春日丽，表海风雄"句，意为这里的大海气势雄劲。因为古代书写规范为从右向左，所以这四个字一般读作"表海风雄"。这四个大字由清末新派人物、李鸿章幕僚马建忠书写。马建忠曾留学法国，是著名学者，著有《马氏文通》，他还是我国倡导从左到右书写、改传统竖排版为横排版的第一人。

　　也有部分专家认为这四字应从左向右读作"雄风海表"，理由有如下几种：雍正帝曾题词"神昭海表"，"海表"即海外；西炮台门额为"威振罘山"，从语法结构分析，"雄风海表"与"威振罘山"相同，"雄风"为名词动用，"雄风海表"意为炮台的威势震慑海外，正与东炮台抵御外侮之功能相契合。也有专家认为，这四字无论怎么读都可以，意皆通，这种文化现象并非鲜见。

这座已有一百三十余年的古炮台，中西合璧，气势恢宏，是我国近代海防史上保存最为完整的海防设施之一，是中华民族抵御外侮入侵的历史见证。

8. 盛宣怀创办"广仁堂"

胶东最大的慈善机构

在晚清政治舞台上，盛宣怀是一位可圈可点的人物。在洋务运动中，他涉足航运、铁路、煤铁开采冶炼、电报、金融、教育等领域，成就卓著，名重一时。他创办的广仁堂是胶东地区最大的慈善机构。

盛宣怀（1844—1916），字杏荪，别号愚斋，今江苏省常州市人。其幼年"端凝朗秀，举止如成人"。十七岁时，随祖父母辗转至湖北。二十二岁中秀才，此后三次乡试未能中举。二十七岁时，盛宣怀投身湖广总督李鸿章幕下。由于他能力突出，见识不凡，备受李鸿章器重，屡被拔擢。清光绪十二年（1886），盛宣怀任山东登莱青兵备道道台兼东海关监督。在烟台任职六年间，他在治理水利、发展航运、兴办实业、赈灾救济等方面颇多建树。

盛宣怀

光绪十七年（1891），鉴于烟台当时乞丐成群、冻馁死人事时有发生，盛宣怀决定在兼善堂的旧址上扩建，成立胶东最大的慈善机构。广仁堂创办之初，得到清政府及慈禧的重视和支持，发展迅猛。广仁堂兴盛时期拥有附属房产一千八百余间，义地一千二百余亩，下设十所、十会、一个女子学校。十所是：济良所、女慈幼所、施医所、养病所、残老所、庇寒所、蒙养所、戒烟所、寄枢所、工艺所。十会是：训善会、保婴会、备棺会、掩骼会、因利会、惜字会、恤嫠会、孤贫会、农耕会、乞管会。女校只为在堂幼女开设，半工半读，教授课目有国语、模范公民、常识、珠算、体育等，一切书本文具等费用皆由堂中供给。

广仁堂之所以能建得规模如此庞大，其中还有一个鲜为人知的秘密。光绪十五年（1889），一艘装载贡品的船只遇狂风在石臼所海域沉没，贡品全部落海。盛宣怀派兵前往打捞贡品，然后派人护送进京。不知出于何种原因，盛宣怀并未把打捞的贡品全部送京，而是扣下一部分。不久事发，慈禧大怒，要彻查严办。盛宣怀的幕僚献出一计，拟一道奏折和《筹建广仁堂大纲》上奏曰：胶东地瘠民贫，连年灾荒。拟将新打捞之贡品中的黄金白银若干两，再由本地道台自筹白银若干两，合资筹建一慈善机构，救济贫苦无依的黎民百姓，为皇帝广施仁政，定名广仁堂。

慈禧见奏折后，大喜，遂颁旨让盛宣怀在烟台建广仁堂，还决定每年拨五千担小米，供广仁堂救济难民。就这样，胶东最大的慈善机构——烟台广仁堂建成了。

在烟台任职期间，他邀请南洋巨商张弼士来烟考察，兴办实业。烟台优越的自然环境、和谐的社会氛围、南来北往的海陆交通……都给张弼士留下极好印象。在盛宣怀的大力支持下，张弼士决定投资烟台，并于 1892 年创办张裕酿酒公司。1916年 4 月 27 日，盛宣怀在北京去世，享年七十二岁。

9. 曲诗文抗捐抗税

举刀挥众战官军

清宣统二年（1910），山东莱阳县（今莱阳市）爆发了一场大规模的农民抗捐抗税斗争。这场斗争虽以失败告终，但沉重打击了封建统治，震动了全国，促进了革命形势的发展。这场反封建斗争的领袖是曲诗文。

曲诗文（1849—1914），又写作曲士文，莱阳城西柏林庄人。他幼时聪明过人，成年拜师习武。曲诗文性情刚正，为人耿直，见多识广，常为乡邻调解纠纷，深得群众爱戴。

清末，莱阳连年歉收，民不聊生。宣统二年（1910）春天，乡间断粮绝炊的农户十居其九。当地官绅借推行新政之机，增设苛捐杂税，使百姓苦不堪言。在此情况下，曲诗文挺身而出，决心带领乡亲们通过斗争求得生路。4 月 21 日，各村代表召开会议，一致推举曲诗文为总指挥，带领乡民向官绅讨还社仓积谷（各乡农民储存的丰年之粮，以备灾年之需）。实际上，官绅朋比为奸，早已将积谷变卖侵吞。

5 月 21 日，曲诗文带领数千乡民闯进莱阳城，要求官府归还积谷，减免苛捐杂税。县令朱槐之答应"十日内结清谷账，缺者追赔"。乡民队伍刚出县城,朱就急令关闭城门,扬言捉拿曲诗文,暗中通知侵吞积谷的劣绅避匿,并调集各地官兵回城防守。6月10日,曲诗文在城西九里河集合四五千人,再次进城质问朱槐之清算积谷事宜。11日,曲诗文率领乡民接连烧毁了王家、高家、陈家三大劣绅的住宅,把他们的储粮分给饥民,乡民无不拍手称快。

乡民斗争的胜利,使山东巡抚孙宝琦坐立不安。6月27日,孙宝琦将朱槐之革职,改派奎保接任县令。奎保一上任,就把乡民的要求全部推翻,并下令捉拿曲诗文。7月3日,曲诗文正式宣布武装起义。曲诗文将队伍分为四路,决定迅速包围莱阳城。参加起义的数十万群众,都自备食物,昼夜轮班赶制火药大炮,誓与官军决一死战。

7月10日上午9时,曲诗文登上城北亭山,下令攻城。火炮齐发,起义队伍杀声震天,蜂拥攻城,但连续两天攻城不克。曲诗文派人设法靠近城墙,埋置炸药,企图炸开缺口,均未奏效。攻城的第三天,曲诗文不顾年老,横刀纵马,不幸坠马负伤,起义军被迫下令收兵。

7月13日,在孙宝琦派来的大批清军和城内守军的内外夹击下,起义军损失惨重。起义失败后,曲诗文逃往外地。1914年,曲诗文潜回家乡,不幸被官府逮捕。曲诗文在狱中遭到严刑毒打,他的脚上被钉上铁钉,可是这位年逾花甲的起义领袖毫不屈服,视死如归。不久,曲诗文被杀害于烟台西南河,时年六十五岁。他用殷红的鲜血和宝贵的生命,在山东近代革命斗争史上谱写出悲壮的篇章。

10. 山东北伐军登陆烟台

辛亥革命席卷胶东

烟台是山东的门户，津沽的咽喉，战略地位极为重要。资产阶级革命党人很早就十分重视烟台革命形势的发展。光绪三十一年（1905）同盟会成立后，在国内设立五个支部，其中北方支部就设在烟台。

1911年11月12日晚，革命党人李凤梧、栾悒鳌、王耀东等在烟台发动武装起义，随即成立了烟台临时军政府。烟台首义打响了山东革命党人武装斗争的第一枪，使得烟台成为山东辛亥革命的中心。

烟台首义后，孙中山指示革命党人以烟台、大连为基地，加紧在各地策动武装起义，并派徐镜心回山东领导革命。徐镜心途经上海时，与沪军都督陈其美、湖北军政府外交部次长胡瑛等建立了联系，并请求上海军政府派兵北上。12月6日徐镜心抵达烟台后，立即筹款练兵，准备起事。

就在此时，烟台的革命出现了危机，临时军政府领导权被投机分子、舞凤舰管带王传炯攫取。王传炯破坏革命，阴谋陷害徐镜心等领导人。为保存实力，徐镜心等人被迫撤至大连，以图再举。

1912年元旦，南京临时政府成立，孙中山就任中华民国临时大总统。他认定无论清政府作何种议和表示，北伐断不可懈。革命党人面临的任务是不停顿地北伐，直捣封建统治的老巢。

孙中山就任临时大总统后，策动烟台首义的栾惺鄠等人到达上海，与正在那里的山东同盟会领导成员丁惟汾、谢鸿焘等取得联系，然后分别向上海都督陈其美、南京临时政府陆军总长黄兴请兵，要求支援山东。孙中山认为山东形势举足轻重，关系全国革命大局，遂任命胡瑛为山东军政府都督，并决定派北伐军开赴烟台。

1912年1月11日，孙中山正式宣布组织六路大军北伐。与此同时，徐镜心等人以烟台为据点，联络登州、黄县等地的革命力量发动武装起义。1月15日，革命党人内外夹击，合力攻取了登州。16日晨，张彦臣等人在黄县发动起义成功，胶东地区的革命形势顿时高涨起来。徐镜心致电南京临时政府，欢迎南方革命党人赴鲁，以便会同北伐。

在徐镜心等人的急电请求下，上海、南京方面陆续派出数股兵力北伐。其中，增援烟台或途经烟台的北伐革命军主要有蓝天蔚所率一部、沪军北伐先锋队、闽军北伐军和广东北伐军。

首先到达烟台的是被孙中山任命为关东大都督的蓝天蔚所部。1912年1月15日，蓝天蔚、商震率一旅北伐军从上海乘海琛、海容等军舰来到烟台，驻扎在芝罘岛，以保卫烟台港口。

1912年初，上海都督陈其美筹组北伐军，共抽调兵力约两千人，号称一旅，名为沪军北伐先锋队，山东革命党人杜潜、丁惟汾等随同北上。1月20日，沪军北伐先锋队到达烟台，这是南方革命党人派往烟台的主力部队。北伐军到达烟台之前，王传炯仓皇逃去。杜潜等到烟台后，成立新的军政府。

各路北伐军的到来，大大扭转了烟台的革命形势。革命党人以烟台为基地，不断派出武装力量援助各地革命活动，胶东地区的革命形势因此达到了高峰。

11. 孙中山莅临烟台

题赠"品重醴泉"

烟台市博物馆是山东省的博物馆中馆藏最丰富的博物馆之一，共有国家一级文物六十二件，其中包括1912年孙中山先生途经烟台时为张裕酿酒公司题写的"品重醴泉"。"醴泉"出自《礼记》中的"天降甘露，地出醴泉"；"品重"既赞美了张裕葡萄酒品质好，甘甜如泉水，也褒奖了张裕酿酒公司创办人张弼士先生的人品。

1912年8月18日，孙中山应袁世凯邀请赴京会谈，从上海乘"平安"轮启程北上，21日早8时"平安"轮抵达烟台港。港内军舰升炮欢迎，岸边彩旗招展，烟台官、商、军界代表登船迎接。在各界代表的簇拥下，孙中山一路受到烟台人民的热烈欢迎。

由于忙于进京与袁世凯会谈，孙中山先生在欢迎大会上只作了简短致辞，然后委托同行的南京政府外交部次长魏宸祖代其宣讲"民国要旨首在振兴实业"的报告。魏宸祖在报告中对张裕公司给予很高的评价，对张弼士先生创办张裕大加赞扬，并对烟台工商界寄托着厚望，这极大鼓舞了在场的烟台工商界代表。

午后，孙中山先生游览了毓璜顶小蓬莱，紧接着来到张裕公司参观。时逢张弼士回南洋办事，张裕首任总经理、张弼士的侄子张成卿热情接待了孙中山。孙中山一边兴致勃勃地参观，一边频频不断地啧啧赞赏，对张弼士实业兴邦之壮举深表敬佩。他饶有兴味地品尝了张裕葡萄酒后，禁不住点头称赞。在一片掌声中，中山先生欣然题赠"品重醴泉"四个雄劲庄重大字，并落下"题赠张裕公司"上款，以示褒奖与勉励。

孙中山先生一生题词并不多，这是他生平仅有的一次为企业题词，由此可以看出中山先生对张裕公司的厚爱，对民族企业的重视，对实业兴邦的倡导与期望。

其实，孙中山先生与张裕有着很深的渊源：孙中山与张裕创始人张弼士同为广东老乡；张弼士很早就支持孙中山的革命活动，曾慷慨解囊资助孙中山白银三十万两；武昌起义爆发后，张弼士与张耀轩以南洋中华商会的名义，发动群众捐款，又以个人的名义捐赠巨款……张弼士对辛亥革命的特殊贡献，赢得了孙中山的钦佩与友谊，这或许是中山先生风尘仆仆参观张裕酿酒公司，并为张裕题词的又一缘由吧。

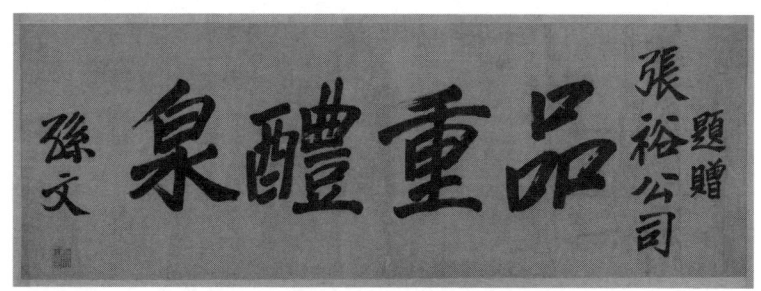

孙中山题写的"品重醴泉"

孙中山的题词"品重醴泉"不仅是张裕酿酒公司的传家宝、烟台市博物馆的镇馆之宝，也是烟台人民纪念孙中山先生的永恒珍宝。

（三）红色浪潮

1. 中共胶东最早的党组织

郭寿生提交《最近烟台报告》

在今天的中央档案馆中，有1923至1924年从烟台写给党中央和团中央的请示报告书函六件。这些珍贵档案记录了我党在烟台的早期革命活动。向中央写信汇报的人是郭寿生。他是我党在烟台发展的第一位共产党员，也是中国共产党烟台地方党组织的创立者。

1916年，郭寿生以优异成绩考入烟台海军学校，这年他刚刚十六岁。烟台海军学校的前身是1908年清政府创办的海军学堂，校址设在烟台东郊金沟寨村。

1919年，五四运动爆发，烟台海军学校的学生积极声援北京学生。1920年春，郭寿生在烟台海军学校内秘密组织"读书会"，并逐步成长为烟台学生运动的主要领导人。

中共"一大"召开后，中国共产党派邓中夏、王荷波来烟台活动，与郭寿生取得联系，并向他详细了解海军学校的情况。经过考察，郭寿生由邓中夏、王荷波介绍加入中国社会主义青年团。此后，郭寿生满腔热情地投入革命工作之中，并按中共中央规定的地址、代号，直接与中央保持联系。1921年冬，郭寿生在原"读书会"的基础上，秘密成立了马克思主义研究小组。这是烟台第一个研究、宣传马克思主义的革命团体。

1922 年春，中共北方区委执行委员会书记罗章龙在王尽美的陪同下视察了济南、青岛，然后从青岛乘汽车来到烟台。罗章龙与郭寿生见面后，指示郭寿生要根据烟台实际情况积极开展工作。同年夏，郭寿生被派往南京鱼雷枪炮学校学习。1923 年春天，郭寿生在南京经王荷波、恽代英等共产党员的介绍，由社会主义青年团团员转为中国共产党党员。1923 年下半年，郭寿生重新回到烟台，并多次用隐语向党中央和团中央汇报请示工作。

1924 年初，王荷波致信郭寿生，转达了陈独秀急切了解烟台各方面情况的指示，要求他对烟台各个方面的情况进行详细的调查。王荷波在信中说："目前仲甫（陈独秀的字）谈及烟台情形，全然不知，最好请你详细调查一下子，来一报告。约分：政界、经济、工业、新闻、外交等，藉以参考，以定进行方法。"收到王荷波的来信后，郭寿生利用外出时机，对烟台方方面面进行了详细的调查，最终于 2 月 9 日写出了一万余字的《最近烟台报告》报送中央局。在报告的开头，郭寿生说："我从前在这里数年，受学校压迫，完全与社会上断绝关系，现在又到这里，可以自由，缺乏的就是没有同志，不易向各处地详细调查，仅仅所知道的作一篇简单的调查报告。"《最近烟台报告》向中共中央报告了烟台社会各界情况，请求中央关注烟台。中央局收到郭寿生的报告后，十分重视，认为"极有价值"，5 月即以"烟台调查"为题，在中共中央机关报《向导》

上分四期全文连载。郭寿生所写报告的手稿原件，现存于中央档案馆。

1924年底，郭寿生在烟台海军学校秘密建立中共烟台小组，郭寿生任组长，这是烟台乃至胶东地区成立最早的党组织。烟台党组织的诞生，对烟台地区党组织的发展壮大起到了极大的促进作用。

2. 中共胶东特委的创立

胶东"小苏区"

胶东特委诞生地历史陈列馆前，耸立着张静源、刘经三、刘松山三名首届胶东特委成员的全身雕像。远远望去，他们仿佛迎面走来，步履铿锵，目光如炬。就是在脚下这片土地上，他们创立了中共胶东特委，播下了胶东"小苏区"星火燎原的火种。

上世纪二三十年代，党组织在胶东大地蓬勃发展，但大多处于多头领导、分兵作战的状态，各党组织之间缺乏"横向"联系。1932年冬天，凛冽的北风裹挟着雪花漫天飘零。此刻，张静源正顶着风雪疾走。他受省委委派，要完成一项重要的任务，那就是筹建胶东特委。

为了掩人耳目，张静源和牟平党组织负责人刘经三四处踏访后，最终选定了牟平、海阳两县交界处香火败落的霄龙寺，设立秘密联络站。乡绅家庭出身的刘经三为了筹集活动经费，从父亲那里索要了三百块大洋。事后，刘经三写信告诉家里人，自己不孝，之后事业有成，定当加倍奉还。在这不起眼的寺院里，他们办起了"鸡鸭公司"，以买卖家禽为掩护，联络党组织，开展革命活动。西偏殿成了饲养场，鸡鸣狗叫，蜂飞兔走。外人都以为这是一家生意兴旺的公司，而夜深人静时，西偏殿却成了印刷厂，胶东半岛的进步海报、画册，大多出自这个散发着鸡粪味儿的小院。这里还用蜂箱掩藏了大批武器弹药，巧妙地躲过了敌人一次次检查。

1933 年 3 月的一个晚上，月黑风高，村路无人，张静源与刘经三等人在牟平县刘伶庄秘密集会。张静源向参会人员传达了中共山东省委的指示，宣布成立中共胶东特别委员会，此后经讨论，决定由张静源任书记，刘经三、刘松山任委员。早春的胶东大地惠风和畅，万物复苏，西至莱阳、东到荣成的数十个县级党组织从此有了统一的领导机构。不幸的是，1933 年 10 月，张静源在莱阳遭到党内投机分子徐元义的暗杀。然而，革命之火不会熄灭，革命同志前仆后继。刘经三不顾个人安危奔走各地，想方设法与上级取得联系，使新的胶东特委得以建立。至 1938 年，胶东特委书记历经八次更迭，张静源、张连珠、理琪等三位特委书记和其他五名特委委员壮烈牺牲。

为有牺牲多壮志，敢教日月换新天。在中共胶东特委的领导下，胶东的武装斗争风起云涌，昆嵛山一带成为胶东的"小苏区"，著名的"一一·四"暴动、天福山抗日武装起义震撼全国，以昆嵛山游击队为主体组建的"山东人民抗日救国第三军"使敌人闻风丧胆；成千上万的胶东子弟高举红旗，走出胶东，走向全国，南征北战，屡建战功，为民族独立和新中国的诞生做出了卓越贡献。

1938 年，中共苏鲁豫皖边区省委决定，在中共胶东特委的基础上组建胶东区委。百折不挠的胶东特委至此完成了时代赋予的光荣使命，它对胶东革命的贡献将永驻史册。

3. 海阳地雷战
电影《地雷战》的原型

1962 年，以海阳地雷战为原型创作的电影《地雷战》在全国公映，立即引起轰动。随着《地雷战》的普及，那段浴血奋战的峥嵘岁月，那些与日寇斗智斗勇的感人故事，也跟随着电影走进千家万户。

1942 年春天的海阳，在日寇的铁蹄下痛苦挣扎。日寇暴行骇人听闻，他们把百姓推到坑里活埋"放天花"，丧心病狂地用活人"打肉靶"，光赵疃村就有近三百人被残暴杀害。海阳人民怒涛汹涌，奋起抗争，决定用地雷战打击日寇。海阳地处丘陵，多山石，为制作土地雷提供了取之不尽的原材料。赵疃、文山后、小滩三个村庄的制雷技术远近有名，而赵疃村离鬼子据点最近，是鬼子扫

电影《地雷战》剧照

荡的必经之地，村中山路崎岖，便于埋伏，因此赵疃村民兵奏响地雷战的序曲。

有一次，日伪军下乡扫荡，民兵于化虎赶在敌人进村前埋下了几颗土地雷。敌人刚到村口，伴随着"轰"的几声巨响，七个敌人粉身碎骨，其余吓得转身奔逃。喜讯在各村流传开，各村民兵信心大增，纷纷自发研制各种地雷。日寇专门调来了工兵，在探雷器上安装十倍放大镜以查找绊线。日军只要排雷成功，立刻疯狂地烧杀抢掠。

女民兵孙玉敏，是电影《地雷战》中玉兰的原型，"头发丝雷"就是她发明的。为了寻找做绊线的材料，孙玉敏日思夜想，忽然想到了牛马尾毛。那时养得起牛马的人家并不多，而且也不愿让别人拔毛。孙玉敏就假装去人家里拉呱，趁人家不注意悄悄扯下几根牛马尾毛，回去就做成了地雷绊线。用牛马尾毛做成的绊线，不容易断裂，也不易被发现，多次炸得日寇人仰马翻。民兵们还把地雷挂在空中，就成了"挂雷""飞雷"。还有"真假子母雷"，即先把假地雷埋在土里让日寇发现，等他们挖雷时就会引爆藏在下面的真雷。还有"延时雷"，在地雷内部安装小皮筋，当敌人切断引信将地雷拿出时，皮筋松开就引爆雷管……

电影《地雷战》中有这样一个情节：日军队长渡边包着头巾，化妆成村姑，骑着毛驴到赵家疃偷地雷。日军本想把排出来的地雷带回据点研究，可汽车开动后，车上的地雷却爆炸了。原来，民兵将地雷升级成了"化学雷"，把滴进硫酸的容器藏在引信下面。受到汽车颠簸后，溅出来的硫酸就会接通爆破电路，引发爆炸。日军吃了大亏，再也不敢把地雷带回据点了。

海阳民兵在战火的洗礼中，先后创造了夹子雷、连环雷等十多种地雷和子母雷、挂雷等三十多种埋雷方法，先后作战两千余次，毙伤俘敌一千八百九十七人，缴获各种武器六百余件，涌现出县级以上英雄模范五百多名，其中赵守福、于化虎和孙玉敏三人荣获"全国民兵英雄"光荣称号。他们还成立了远征爆炸队，为当地民兵和部队培训了大批爆炸高手，在抗日战争的史册上写下了浓墨重彩的华章。

4. 向党中央密送黄金

渤海走廊与滨海通道

烽火岁月，碧血丹心。胶东军民忠诚地履行使命，历经千难万险，舍生忘死，将十三万两黄金密送党中央的光辉业绩，永远闪耀在中国革命史上。

1939 年 2 月，日军侵占招远县城，次日占领玲珑。日寇控制金矿，疯狂掠夺黄金资源。胶东军民眼看着自己的黄金被侵略者抢走，心中的怒火越烧越旺。当时党中央、延安急需经费，毛泽东曾说："把票子搞到延安什么东西也买不到，多搞些黄金比较好。"胶东党组织领命后，火速成立了"胶东黄金工作委员会"，展开反掠夺斗争。

惊心动魄的"夺金大战"序幕，是胶东区职工抗日救国联合会主任苏继光亲手拉开的。1939 年冬，他按照胶东特委"像钉子一样深深地钻进金矿"的指令，化装成矿工潜入敌人力量比较薄弱的蚕庄金矿，秘密地在矿工中开展工作。他策反当地矿主"许小眼"拿出几十条枪，组建了由自己亲自控制的八支工人护矿队，蚕庄金矿从此归属抗日民主政府。胶东党组织还通过发动矿工智取黄金、伏击敌人运金车队、武装夺取黄金，以及建立地下收购站从群众手中收金等方式，筹集了数量十分可观的"硬通货"，有效地遏制了日寇的掠夺。

延安远在几千里之外，把黄金辗转运到延安，意味着艰苦卓绝的奋斗与牺牲。运金路线主要是经"渤海走廊"，即从我党在胶东的平度、招远、莱阳、掖县边区根据地出发，经胶莱河、昌邑、潍县、寿光等县，南穿胶济铁路进入沂蒙山区山东分局驻地。自1944年秋，送金路线改为"滨海通道"，即从胶县、高密穿过铁路，经滨海区诸城等县直达山东分局所在地。胶东特委和我军部队组成的一批批运金小分队，披星戴月，风雨兼程，冒着枪林弹雨，突破重重封锁线，把黄金送到山东分局，之后再转送党中央，或通过紧急渠道直送党中央。日军获悉我方将黄金源源不断地外运，便疯狂地拦截和抢夺，黄金通道上的激烈较量，同样血雨腥风。

1943年的秋夜，朦胧的月色下，一支二十人的送金小分队在队长"孙大个子"的带领下，悄无声息地疾速行进。他们每人携带四五十两黄金，从招远出发，穿河北，进山西，经过连续几天昼夜行军，体力已严重透支。到达汾河流域雁鸣渡河畔时，遭到巡逻日军的追击。孙队长将队伍一分为二，黄金集中到渡河送金的一半人手上，另一半阻击掩护。激战中，阻击的战士全部牺牲，包括孙队长在内十四位同志长眠于黎明前。

有个战士身负重伤，忍着剧痛把黄金埋藏在一棵大树下。打扫战场时，他从昏迷中被战友喊醒，弥留之际，艰难地把埋金位置告诉了战友，嘱托一定要送到延安。幸存的六人，最终完成了向党中央秘送黄金的任务。

抗日战争时期，胶东军民倾其所有，将黄金源源不断地秘送延安。这些黄金成为党领导抗战的主要经费来源，为抗日战争和中国革命的胜利做出了重要的贡献。

5. 胶东兵工厂的壮大

《苦菜花》的记忆

1965 年，著名作家冯德英创作的长篇小说《苦菜花》被改编成同名电影，公映后风靡全国。影片中胶东根据地军民为保护八路军兵工厂不屈不挠、英勇抗击日寇的故事，深深地感染了亿万观众。《苦菜花》中八路军兵工厂的原型，就是烟台机床附件厂的前身。

《苦菜花》，让历史告诉未来。1937 年 12 月，中共胶东特委领导天福山起义，成立了山东人民抗日救国军第三军（简称"三军"）第一大队。不久，"三军"在乳山县崖子村成立了七个人的修械所。他们挑着炉担，随部队开进，负责修理枪支、试制手榴弹。第

电影《苦菜花》海报

二年春天，第三军三大队进驻黄县城，在圈杨家村建立了胶东抗日根据地第一兵工厂。当时物资材料奇缺，兵工厂战士孔宪义只身潜入烟台，秘密筹集到部分硫酸、硝酸钾、石蜡、纸张等物资。十二岁就参军的小八路费立宝，钻到日寇未爆炸的大炸弹里抠炸药，被熏得四天四夜不省人事。

胶东兵工厂经过血与火的洗礼，不断成长、壮大。敌人前来袭击时，兵工厂就紧急疏散人员、设备和物资，分散到各村隐藏；等敌人一走，兵工厂就赶紧恢复生产。有时敌人在山下"扫荡"，工人在山上隐蔽工作。1941 年，驻栖霞县喇叭沟的第二兵工厂遭日寇包围，炮弹引信组组长许敬芝被捕。鬼子对她严刑拷打，她咬紧牙关，坚决不泄露兵工厂机密，最后被连刺十几刀，壮烈牺牲。

1942 年冬，日军"扫荡"到兵工一厂驻地凤凰崖村，抓到一位老人，强迫他领路去寻找埋藏的兵工厂设备。这位老人把敌人引到山坡上的雷区后，说："就在这里，你们挖吧。"话刚说完，敌人踩响地雷，引起连续爆炸，老人与敌人同归于尽。

胶东军区司令员许世友要求研制平射炮，可当时兵工二厂技术人员手里只有一张从日本画报上剪下来的平射炮图片，以及缴获的十几发炮弹。他们土法上马，照葫芦画瓢，先画出平射炮的形状，再研究发射原理。没有炮管材料，就从东海城隍庙锯下钢柱；没有复进簧，就从缴获的汽车上拆下弹簧来用……三个月后，终于制造出一门平射炮。许世友司令员亲临观看试验，见连打三炮均大获成功，连声称赞，提议将平射炮命名"牙山炮"。

1943 年，胶东军区生产的轻机枪、掷弹筒等在延安参展，周恩来称赞胶东兵工"了不起"，指示派人到胶东考察。到1949 年 9 月，胶东兵工厂已壮大为九个兵工厂和一个研究室，人员达到一万一千余人，形成了技术研究、武器装备制造、技术人才培训融合发展的兵工体系，被誉为"华东的总后方""我军军事供应的主要基地之一"。

6. 山东主力挺进东北

渤海红帆

长岛老海岛事迹陈列馆中，一座"渤海红帆"雕塑傲然挺立。海风吹来，红帆飞扬，仿佛讲述着当年长岛人民驾驶自己的风帆船，运送山东两万多名八路军官兵渡海挺进东北的故事。

1945 年 8 月，欢庆抗战胜利的锣鼓还在回响，国民党就阴谋准备发动内战。中共中央指示山东分局，抽调兵力迅速进入东北，肃清残敌汉奸，发展和建立共产党的组织及地方政权。9 月 4 日，长山岛特区军政办事处主任孙纯收到了中共胶东区党委的急电：为了保证部队安全渡海，急进东北，需要在砣矶岛设立兵站，改换大船，转运渡海部队。事关重大，刻不容缓。孙纯主任放下电报略一思索，就急如星火地跑遍几个渔村，找到仅有的十几个党员，分头去岛上各村动员群众。渔岛人历来忠勇，听说八路军用船，一呼百应，只用了三天时间，就从砣矶岛、大钦岛、隍城岛组织了一百多条载重十五吨至二十五吨的大帆船。

9月的长岛，涛声澎湃如歌，支前骤起高潮。砣矶岛男女老少齐上阵，起五更，睡半夜，家家推磨磨面，户户蒸馍烤饼，为八路军预备最好的干粮；妇女们欢笑着飞针走线，缝棉衣，做鞋子，为的是防止子弟兵夜晚渡海受冻着凉；村村停船检修，理风帆，整樯橹，确保船帆无恙，渡海无碍。9月10日起，从蓬莱栾家口开来的运兵船源源不断地到达砣矶岛，各村壮劳力登船送粮送水，妇女逐户动员腾房子。当天夜里，十余艘大帆船扬帆起航，向东北挺进，拉开了人民子弟兵向东北进军的序幕。

秋天的大海上，云高风大，却又风向不定。当时，没有气象预报，缺乏通信联络，白天的航行都十分艰难。为了避开美军和国民党舰艇的阻截袭击，部队渡海多是在夜间。速度快的船需要一天一夜，或者两三天就能登陆，慢的船需要十多天才到达对岸。运兵船在夜色苍茫的大海上漂泊，各种意想不到的情况随时都可能发生，因此船员的素质和经验十分关键。

为了安全和保密起见，战士们脱下军装，换上老百姓的便衣，装扮成闯关东的农民。遇到美军军舰盘查，就说是海上抗日游击队员。战士们人挨人、人挤人地躺在船底，想翻个身都很困难。大多数战士是第一次在海上航行，不少人晕船呕吐，吃不下，睡不着。

大智大勇的长山岛特区船员，毫不畏惧地驾驶着自己的风帆船与风浪搏斗，连续往返，仅用一个多月时间，就秘密地将21569名官兵运送到东北，圆满完成了运兵任务，为抢占东北战场、开辟东北根据地赢得了宝贵时间。渤海红帆的伟大壮举，开创了人民解放军历史上最大规模的海上战略转移的先例。

拨开历史烟云，一段段樯橹翻动的峥嵘岁月，依然震撼人心；回望奋斗历程，一幕幕蹈海踏浪的历史画面，依然让人热泪盈眶。红帆如炬，光耀千秋！

7. 胶东大支前

小竹竿上的八十八个地名

中国革命军事博物馆收藏的国家一级文物中，有一根长约一米的竹竿，上面刻有八十八个村镇的名字，记录了解放战争时期胶东大支前那段波澜壮阔、催人泪下的历史。电影《车轮滚滚》的主人公耿东山就是以这根竹竿的主人——莱阳农民唐和恩为原型创作的。

1948 年秋收季节，刚刚分到土地的唐和恩正在地里干活，听说要组织民工队伍往淮海战役前线运送军粮，立即撂下镰刀，跑到村部去报名。村干部看到他笑着说："去年你刚参加过南麻战役，这回就别去了。"唐和恩知道这是在关心他，就笑着说："支前还能论次数？我坚决要去！"村干部看他态度坚决，又信得过他，就同意他参加，并推选他当上了小队长。

风风雨雨的运粮途中，唐和恩带的那根以前讨饭用的小竹竿，如今派上了大用场。累了，用它当拐棍；过河，用它探深浅；风雪淤泥中，用它找寻道路；野狗袭来时，用它防身。有时还把它绑上树枝茅草，敌机来轰炸时用它迷惑敌人；路况复杂时，他高举竹竿，走在最前面引路。每到一地，他还用刀尖把地名刻上，只是那时他怎么也想不到这竹竿后来会成为国家的珍藏。有一次雨雪过后，夜里温度骤降。乡间的土路经雨雪浸泡后泥泞湿滑，唐和恩的小车陷到烂泥坑里，推也推不动，拉也拉不出来，这可把唐和恩急坏了，他憋足劲猛地一拉，结果绳子断了，唐和恩直挺挺地趴倒在泥坑里，门牙磕掉了一颗。大家心疼他，唐和恩却说："不要紧！前方的战士身上穿个窟窿还照样冲锋，咱磕掉颗牙算什么。"他擦去脸上的泥血，领着大家继续前进。

一路前行，艰辛与风险是家常便饭。一天，支前队被二十多米宽的河挡住了去路，绕路的话要多走几十里，而前方部队急盼着口粮。唐和恩和大家一商量，决定涉水渡河。唐和恩抬头看了看，西北风卷着雪花，打得脸生疼；低头看，河面还漂浮着碎冰块。他一咬牙一跺脚，扒下棉裤丢到车上，和几位民工抬着粮车，带头走进了冰冷刺骨的河水里。大家见状，也紧跟着抬上粮车，蹚水而行。可刚到对岸，还没来得及穿衣服，敌机就呼啸着飞过来。河滩上无处躲藏，大家只好推上小车，拔腿就跑，一直跑出两里多地，看不到敌机的踪影了，这才赶忙穿上衣服。

豁出命来支前的半年多，唐和恩带领小车队总是能准确、及时地到达目的地。唐和恩将他的小推车从胶东推到淮海，一直推到淮海战役胜利的那天。唐和恩在竹竿上刻下的四省二十七县八十八个城镇和村庄的地名，是当年连接山东、江苏、安徽三省五千多里的支前路线图，是几百万民工踊跃支前的壮美缩影。淮海战役结束后，唐和恩荣立特等功，被授予"华东支前英雄"称号，他带领的小队被评为"支前模范队"。

二

烟台名士

一方水土养一方人。烟台有悠久的历史，有灿烂的文化，孕育出数之不尽的历史名人。烟台的山海风情，浸染了烟台人忠诚、英勇、无畏的信念与精神；这片土地的敦厚与刚毅，锤炼了烟台人豪爽的品格和枕山负海的广阔胸襟。江山代有才人出，各领风骚数百年。这些名人或出生于烟台，或造福于烟台，他们中间，有精通文韬武略、胸怀天下的治世能臣，有学富五车、才华横溢的文化名流，有勇于开拓、叱咤商海的商界精英，有不怕牺牲、对党忠诚、为中国人民的解放事业抛头颅洒热血的革命先导。他们的形象光照中华，他们的事迹彪炳史册。

（一）文韬武略

1. 淳于髡劝谏齐王

酒极则乱，乐极生悲

战国时宴饮成风，朝廷彻夜欢宴的事情屡见不鲜。齐威王刚继位时，沉湎酒色，不理朝政，国事懈怠。王公大臣们都讳莫敢言，只有淳于髡放胆直谏。

淳于髡，一个身材矮小，相貌丑陋，出身贫贱，受过髡刑，做过"赘婿"的小小卿大夫，他是怎么让齐威王言听计从的呢？

当年齐威王贪欢怠政，国内一片混乱，诸侯国趁机一起来犯，齐国危亡就在朝夕之间。淳于髡利用威王喜好隐语的特点，当面劝谏："有一只大鸟栖息在大王的宫廷里，三年不飞也不鸣叫，大王可知道这是为什么？"威王说："这鸟不飞则罢，一飞就直冲云天；不鸣叫则罢，一鸣叫就震惊世人。"于是立即上朝召集各县令长七十二人，奖励了一个，处死了一个。齐国重振军威，将士勠力出战。诸侯国一时震惊，都乖乖地归还了侵占齐国的土地。

齐威王八年（前371），楚国进攻齐国。齐威王派淳于髡带上黄金一百斤、车马十套去赵国请救兵，淳于髡仰天大大笑不止，连系在冠上的带子都绷断了。齐王说："先生嫌礼品少吗？"淳于髡说："怎么敢呢？"齐王说："那你笑什么呢？"淳于髡说："刚才臣子来时，看见路旁有祭祈农事消灾的，拿着一只猪蹄，一盂酒，祷告说：'易旱的高地粮食装满笼，易涝的低洼田粮食装满车，五谷茂盛丰收，多得家里装不下。'臣子见他所拿的祭品很少而想要得到的却很多，所以在笑他呢。"齐威王于是就增加黄金一千镒，白璧十双，车马一百套。淳于髡辞别动身，见到赵王奉上礼品，说明来意。赵王大喜，给他精兵十万，战车一千乘。楚国听到消息，自觉难以取胜，连夜撤兵离去。

齐威王极为高兴，在后宫大办酒宴，问淳于髡："先生喝多少酒才醉？"淳于髡回答："臣子喝一斗也醉，喝一石也醉。"威王说："先生喝一斗就醉了，怎么还能喝一石呢？"淳于髡说："大王赏酒，执法官在旁边，御史在后边，髡心里害怕，因此喝一斗已经醉了。如果家父来了重要的客人，髡弯腰跪着侍候他们，起身几次，喝不到二斗也就醉了。故交久别重逢，把酒言欢，喝到大概五六斗就醉了。乡间的节日盛会，男女坐在一起，酒喝到一半玩起游戏，握了异性的手或盯着人家看也没人禁止，地上有女子掉下的耳坠、发簪，髡也跟着放纵，喝到八斗才有两三分醉意。天色已晚，酒席将散，杯盘散乱了，烛光熄灭了。主人留住髡而送走其他客人，女子的薄罗衫儿解开了，微微地闻到暖昧的香气，这样纵情的时刻，髡能喝到一石。所以说，酒喝到这个程度就会做出乱七八糟的事，乐极生悲。世间的事没有例外。"

淳于髡绕了这么大弯子，是为了暗示威王。齐威王当然听得明白，伸出大拇指夸道："说得好！"从此罢长夜之饮，厉行改革，齐国国力日渐强盛。

2. "一钱太守"刘宠

简除繁苛，受民爱戴

在烟台市牟平区，一提起刘宠，人们都会自豪地说：他就是千古传诵的"一钱太守"啊。

刘宠出任章丘县令时，东汉政治日益腐败，宦官外戚争权夺利，各级官吏横征暴敛，豪强地主强取豪夺，农民大量破产流亡，阶级矛盾异常尖锐。刘宠置身污浊之中却洁身自好，施政有方，仁治惠民，因而深受属吏和百姓们的爱戴。有一次，刘宠要回老家探望有病的母亲，百姓们知道后，纷纷赶来相送，导致道路堵塞，车马不通。为了不打扰百姓，刘宠只好轻装易服，绕行小路偷偷离去。

刘宠任会稽太守时，山里的老百姓朴实拘谨，却常常被官吏欺诈，苦不堪言。刘宠简化繁杂的政令，解除苛捐杂税，禁止部属扰民，使得郡中秩序井然，百姓安居乐业，民心大悦。后来，刘宠要调走时，当地的官吏和百姓都舍不得他离去，争先恐后地前来送行。其中有五六个须发皓白、风烛残年的老人，竟也相互搀扶着，风尘仆仆地从很远的山乡赶来，每个人都怀揣着一百个铜钱，要奉赠给行将离任的刘宠，以表心意。刘宠感动地说："几位老人家何苦要劳顿自己？我可承受不起啊！"老人们说："我们山野乡民虽然没有什么见识，但是这么多年的经历不一样啊！以前的太守和其他官员，一到任就去乡里搜刮，白天黑夜都不罢手，村里的狗通宵都叫个不停，乡亲们日夜不得安宁。可是，自从您来了，那才叫治理有方啊！老百姓见不到当官耍横的，连狗都不彻夜狂叫了，乡亲们才过了几年安宁的日子。我们在晚年时遇到您这样的好太守，这是我们祖上修来的福气啊！听说您要高升，我们打心眼里高兴，可就是舍不得您走啊！所以我们几个就互相约好了，每个人奉送一百个铜钱，只是表达一点心意罢了。"刘宠百感交集，眼眶发热，他不忍心拒绝老人们的盛情，却又不想坏了自己的规矩。思前想后，就从他们每人手里选了一个铜钱，以示留念。那个感人至深的场面迅速传遍各地，会稽人不约而同地为刘宠命名——一钱太守。穿越古今，跨越千年，"一钱太守"成了廉吏的别称。

刘宠先后多年主政地方，历任三公，位高权重，但是他家中却没有什么资财。有一次，他离开京师洛阳外出，想在路过的亭舍休息，亭吏看他衣着平常，就不假思索地阻止他说："我们整顿屋舍，打扫干净，专门等待刘宠大人到来，你可不能在这里休息。"见此情景，刘宠一句话没说就平静地走了，时人称赞他有长者风范。刘宠晚年返乡养老，病逝后葬于莒岛，即现在的养马岛。

3. 刘毅直言敢谏

但闻刘功曹，不闻杜府君

一千七百多年前，东莱出现了一位奇人，他不避权贵，指斥朝廷，冒犯皇帝，王公贵人都忌惮他，他就是西晋第一谏臣刘毅。刘毅未出仕前便喜欢品评人物，太守杜恕慕其声名，请他出任功曹。刘毅上任后，大刀阔斧地整饬官场，被他除名的昏官庸官有一百多人，声震朝野。时人称赞说："但闻刘功曹，不闻杜府君。"

魏末期，刘毅被本郡推举，任司隶都官从事，查处京城贪官污吏，铁面无私，雷厉风行。当时的河南尹精明能干，但也有经济问题，刘毅准备弹劾他。刘毅的上司劝他放手，话却说得很难听："你就是一条捉兽的狗，干好本职工作就好了，别多管闲事。"刘毅却说："我这条狗除了捉兽，还能杀鼠，难道不好吗？"志不同则道不合，刘毅生气地扔掉信符，辞官走人。

魏咸熙二年（265），司马炎建立了晋朝，称晋武帝。刘毅的正直为人曾给司马炎留下深刻的印象，司马炎命其掌管谏官，后来又转任司隶校尉，督察管理豪门大户。一批有贪腐劣迹的官员闻风丧胆，纷纷自行离职或投案自首。西晋灭掉吴国后，实现统一，汉末近百年来的分裂割据结束。司马炎逐渐变得志得意满，也越来越钟爱奢靡享受。他贪财好利，靠卖官鬻爵来积累财富，荒淫无度更是无人可及。石崇与王恺两个大臣比阔斗富，极尽奢靡铺张，司马炎不仅不制止，反而参与其中。一日，司马炎外出郊游，一时兴起，要刘毅将其与汉代皇帝作比较。刘毅直截了当地说："可与桓帝、灵帝一较高下。"桓帝、灵帝以昏庸无能著称，司马炎自然很不服气，称自己"平定吴国，一统天下，虽比不上古代明君，但绝对高于桓、灵二帝"。刘毅说："桓、灵二帝也曾卖官，但所得的不义之财都进了国库；

而陛下卖官，所得都入了自己的私囊。仅凭这一条，陛下就连桓、灵二帝也不如！"

西晋以"九品中正制"取吏，使高门望族和他们的子弟源源不断地进入各级衙门，甚至垄断高层，把持朝政，而有才学的士人却被拒之千里。全国上下空前腐败，朝廷官员常不过问行政事务，地方官员不管民生疾苦。刘毅意识到，仅靠惩处个别贪腐官员是毫无用处的，必须要有壮士断腕的决心，从用人制度上进行改革，于是刘毅直谏司马炎，要求废止"九品中正制"，恢复"察举"与"征辟"制度。然而，痼疾已深，积重难返，刘毅的建议没有被接受，但他的观点却已深入人心。三百年后，隋朝推行科举制度，"九品中正制"寿终正寝。

4. 莱州太守杨震

"四知"却金

东汉明臣杨震出生于名门望族，一生两袖清风，正直无私，疾恶如仇，他"四知"却金的故事，虽发生在遥远的一千九百多年前，但源远流长，历久弥新，至今为人们所称道。

杨震在荆州刺史任上被提拔，赴东莱郡任太守时，一路风尘、满身疲惫地路过昌邑。他以前举荐的荆州秀才王密现正在昌邑当县令，听说恩师来了赶忙去迎接，安排在县衙内二堂里住宿。王密回想当年自己不过是一个穷困潦倒的书生，寂寂无闻，碌碌无为，要是没有恩师的举荐，就没有自己的今天。眼下恩师在此，正好可以报恩。当天夜里，王密怀揣十斤金子来到杨震下榻的地方。

更深夜静，四下无人。师徒寒暄过后，王密从怀里掏出金子，放在案上说："学生聊备薄礼祝贺恩师高升，也为报答举荐之恩，请恩师笑纳。"杨震一笑摆手说："我当初是看好你的贤能才举荐你，可不是为了报答。我的为人，难道你不知道吗？"王密心想，老师不收礼，大概是怕损害了他廉洁奉公的名声，所以才故意推脱，于是趋前一步，凑近恩师耳边低声说："恩师，我知道您清贫如洗，可是路上总要有些盘缠应付不时之需，就请收下吧。我之所以深夜来此，正是因为没有别人知道。"杨震拂袖正色道："天知道，神知道，我知道，你知道，怎么说没人知道？我们为官的要时时刻刻清廉自守，才能对得起老百姓。你真是让我失望啊！"王密见老师坚辞不受，顿时面红耳赤，冷汗浃背，只好羞愧地揣起金子，诺诺连声地走了。

其实，王密也是为政清廉的好官，所送金子都是自己数年积蓄，绝非公款行贿。而杨震慎独自省、一尘不染的廉洁风范，深深地触动了王密。次日，王密怀着发自内心的敬慕送走了杨震。回到县衙后，王密百感交集，悔恨自己辜负了恩师的教导，对不起恩师的栽培。他痛心疾首，幡然悔悟，决心重新做人，学习恩师杨震，做一个廉洁奉公、慎终如始的好官。为了时刻铭记杨震的言传身教，他蒙着"行贿"之羞，顶着世人嘲讽，毅然决然地拿出送礼的那十斤黄金，邀能工巧匠在昌邑建造了"四知台"，在县衙公堂上悬挂了"四知堂"匾，在公堂左侧立了"杨震却金处"石碑。从此，杨震却金的佳话千古流芳。昌邑老百姓尊重爱戴杨震，集资建造了杨震祠和杨震纪念塔。

然而，这样清廉耿直的人，必定会被邪恶之人视为眼中钉、肉中刺。杨震官居太尉后，曾多次给汉安帝上书，弹劾贪官污吏、皇亲国戚。谁知，这不仅没有引起汉安帝的足够重视，反而导致群奸更加有恃无恐，杨震最后惹火烧身，惨遭诬陷，被罢官。在被遣回原籍途中，杨震满腔悲愤地对儿子说："我蒙圣上之恩官居上司，痛恨奸邪之人祸乱朝廷却无力禁止，我还有什么面目立于人世？"说罢，决绝地大口喝下毒酒而死，年仅六十五岁。

5. 知恩守信太史慈

北海救孔融

"孔融让梨"，在中国可谓家喻户晓；在胶东一带，太史慈知恩守信，单骑冲城救孔融的故事也是妇孺皆知。

太史慈少年时代就好学上进，名气很大，后来出任东莱郡的奏曹史。当时，东莱郡属青州。一次，东莱郡与青州发生矛盾，各自向朝廷写奏章。根据以往的惯例，率先禀报者会更有利。为此，郡守派太史慈去洛阳送奏章。太史慈不辱使命，用计毁坏了青州上报的奏章。太史慈怕被报复，就逃往辽东避祸。时任青州北海相的孔融，善待百姓，政绩突出，口碑甚佳。他敬佩太史慈的壮怀义举，屡次遣人奉礼慰问太史慈的母亲。此时黄巾起义席卷全国，北海也未能幸免。孔融为对付黄巾军，屯兵于都昌，不料反被黄巾军将领管亥围困。

太史慈返家探母时，母亲说："你不在家的日子，孔融先生对我的关照胜过亲人。他如今为贼所困，你应该赴身相助。"

太史慈是孝子，对母亲言听计从，便独自一人直奔都昌。太史慈连夜找机会混入城中，面见孔融，建议他带兵突围。孔融认为贸然突围冒险太大，打算固守待援。考虑到再拖延下去形势会更加不利，太史慈又建议孔融派人出去求援。当时，刘备任平原相，离得较近，所以太史慈提议向刘备求援。但城外封锁严密，孔融手下都不愿冒险，于是太史慈毛遂自荐。孔融道："现在外面敌军太多，你虽有勇气，但还是太难了。"太史慈回道："以前您费心照顾我母亲，母亲感激您的恩情，所以才让我来帮您。情势危急，请您不要再犹豫了，就让我试试吧！"孔融见他态度坚决，就同意了。

天明之后，太史慈带上箭囊，挽弓上马。同时，他把两个箭靶绑在另外两匹马上，牵着这两匹马走出城门。围城的黄巾军见他一个人出城门，立即起身防备。太史慈则牵马到城壕边上，开始练习射箭。练习完毕后，即牵马回城。第二天早上也是如此。第三天，太史慈又牵马出来。黄巾军以为他又来练习射箭，就没搭理他。太史慈看准时机，快马加鞭冲出重围。黄巾军连忙起身追赶，太史慈挽弓连射，无一虚发，数人应声倒地。黄巾军不敢再追，只呆呆地看着他远去。

太史慈跃马直奔平原郡，见到刘备言辞恳切地说："我与孔融没有亲戚关系，也不是同乡，只是因为仰慕他的为人，也是为了救人于水火的义气，就冒着生命危险，孤身突破重围前来求救。久闻您的仁义之名，感佩您常常救人于危难之中，盼望您能伸出援手，救孔北海脱困。"刘备为太史慈的义气所感动，急派三千精兵前去救援。经过一场大战，关羽力斩管亥，黄巾军惊慌溃逃。孔融大喜过望，从此更加看重太史慈。

北海转危为安后，太史慈赶回老家，将事情的来龙去脉告知母亲。母亲听后，欣慰地连连称赞。从此以后，太史慈"知恩守信"的故事流传开来。

6. 登州太守苏东坡

乞罢榷盐为百姓

北宋文学家苏东坡只做了五天的登州太守，却留下了千古流芳的《乞罢登州榷盐状》，体现了一代文豪忧国忧民的情怀。

北宋神宗元丰八年（1085），萧瑟秋风吹拂着登州古道缥缈的烟尘。苏东坡在遭受朝中新党打击谪居黄州五年后，又被朝廷重新起用，任登州太守。到达登州后，苏东坡马不停蹄地入乡问俗，了解民情。然而，命运的轨迹又突然转弯，已经年过半百的苏东坡刚到任五天，又应召进京任中书舍人。转轮般的仕途，让他哑然失笑。回朝之后，他仍然念念不忘登州政事和父老乡亲的疾苦，接连向朝廷呈送了《乞罢登州榷盐状》《登州召还议水军状》等奏折，忧国忧民之心苍天可鉴。

山东沿海一带荒寒僻冷，

苏轼画像

千百年来海边灶户以煮盐为生，平民百姓的食盐依赖灶户提供。到了北宋后期，盐业政策的风向变了，灶户所产的盐只允许卖给官家，价格却不及以往卖给老百姓价格的三分之一。而老百姓向官家买盐时，价格却要大大高于以往和灶户的成交价，结果灶户因收入极低，不能养家糊口，不得不破产逃亡；老百姓负担加重，甚至买不起盐，以至民不聊生，怨声载道。官家所囤积的食盐，时间久了就会变质，而负责囤盐的官吏，又要因此赔偿国家的损失。总之，这种政策使得官家得不到利润，而百姓却要无端遭受榷盐之苦。苏东坡了解情况后，当即写下《乞罢登莱榷盐状》，言辞恳切地陈述榷盐政策的弊端和老百姓生活的惨状，直截了当地要求朝廷罢废登州、莱州的榷盐政策，"依旧令灶户卖于百姓，官收盐税"。这些建议有理有据，利国利民，所以当即被朝廷采纳，一直延续到晚清。当年登莱诸县，都纷纷树立《罢榷盐状》刻石，以表达对苏东坡的感激与祝福。

登州隔海与契丹族建立的辽政权对峙，随时可能爆发战事，而登州的防御却差强人意。苏东坡巡视登州防御后，忧心如焚。在《登州召还议水军状》中，他严肃地指出，登州武备松弛，屯兵多有外调，存在严重隐患。他反对轻易抽调兵力差往别处屯驻的做法，建议朝廷加强登州海防建设。苏东坡对当时登州海防的意见和建议，具有很强的针对性和现实紧迫性。

山咏海唱，风雅千秋。今天，高高耸立于丹崖山上的苏公祠，以及登州府城内的三贤祠，都在千年烟火中，默默地感念着苏东坡为官一任、造福一方的宽阔胸襟和为国分忧、为民请愿的崇高风范。

7. 抗倭名将戚继光

备倭山东，整饬海防

明嘉靖三十二年（1553），四野苍翠，陌上花开，戚继光快马加鞭地从蓟门赶往故乡登州，赴任署都指挥佥事，总督山东备倭。

戚继光出身将门，从十七岁世袭登州卫指挥佥事起，已经经历了十年的戎马生涯。山东半岛几千里海岸，以及海岸附近大大小小的浅滩、暗礁和岛屿，戚继光都熟记在心。而此时，面对如此辽阔、纷杂而又险要的防区，二十六岁的戚继光却不由得暗暗咬紧牙关，因为他深知当时沿海卫所防御力量十分薄弱，漏洞百出。按当时规定，山东沿海二十四卫所编制六万三千人，实际员额却只有两万五千三百一十八人，再减去京操军、屯军，实际用于备倭的兵力少得可怜，而且多半是老弱病残。这点兵力对于漫长的海岸线来说，简直就是杯水车薪。除了兵力不足之外，士兵缺少训练，卫所城池老旧残破，兵备废弛；守军麻痹松懈，军纪松弛涣散。沿海防务上诸如此类的种种问题，让人细思极恐。

戚继光决心从整顿军队开始，整饬海防，重振军威。刚开始，一些军官看他个头不高，又那么年轻，并不放在眼里。戚继光严厉整治卫所官员挪用公款，仅用不到十天时间，就把千户李武臣等十人历年所挪用银两悉数追回。他严查赌博，迅速刹住了聚赌之风。随后，戚继光铁腕整顿卫所领导机构，一批年轻力壮、朝气蓬勃的官员，斗志昂扬地走上防倭第一线。千户所官员马纲因病不能任事，要求辞职，戚继光立即批准，并亲自考察了登州卫推荐接替马纲职务的三人，最终提拔了年龄最小但在官兵中有威望的蒋经接任千户。官兵们都佩服戚继光治军有方，敬畏油然而生，军营风气大为好转。

戚继光常年一身戎装，出海巡逻必身先士卒，足迹遍布所辖登州、文登、即墨三营二十四卫所。视察即墨营时，有人举报营内一恶霸骄横跋扈，无恶不作，老百姓多次去官府告发都没有结果。戚继光当即派出两名干练的手下，设计将其抓获，清除了隐患。

戚继光雕像

为了提高山东沿海的防御能力，戚继光随后又采取了一系列措施。他整顿卫所屯田，补充卫所缺员；积极组织和训练当地民兵；民兵除农忙季节参加农业生产外，平时进行军事训练，一遇敌情即可投入战斗。各地加紧整修卫所城池，加固海防；沿海一带三十里设一驿站，十里设一烽火台，便于卫所联络，使倭寇很难再从海上实施偷袭。经过戚继光的整饬，山东海防焕然一新，成为当时沿海各省中最为坚强牢固、倭寇最难逾越的海上防线。

8."明末文天祥"左懋第

持节北行的儒者使臣

顺治元年（1644），清军入关，随后攻占京师（今北京）。此时，在南京沉湎于酒色的南明弘光皇帝朱由崧还在做着与清廷划江而治的美梦，于是派遣左懋第为南明使者赴清议和。左懋第，这个临危受命、持节北行的儒者使臣，到京后即被扣押，至死不降，史上称其为"明末文天祥"。

由于战乱不断，1644年南京的秋天黯然失色。一连几日，弘光皇帝都在为没有合适的议和使者发愁。左懋第主动请缨，同时他希望能顺便回莱阳老家安葬刚去世的母亲。弘光皇帝喜出望外，任命他为兵部右侍郎兼右佥都御史。左懋第上书表示，议和可以，但是绝不能够割地求和。直到临行前，他还要求朝廷拨给他兵马，让他挥师北上，光复北京。

左懋第深知，此行与清廷谈判无异与虎谋皮，但同时他也十分清楚，如果让怯弱的人去谈判，必定会出卖国家利益。为了家国百姓，他必须挺身北上。临行前，他已做好了以身殉国的准备。

顺治元年（1644）十月，左懋第到达北京张家湾。摄政王多尔衮让左懋第入住四夷馆，很明显是要把南明当成属国。左懋第断然拒绝，严词力争，多尔衮只好重新安排左懋第的住处。

双方的谈判可谓暗流涌动，杀机四伏。清廷根本不重视这次谈判，只是一味地侮辱南明朝廷，甚至在会谈期间威逼、利诱左懋第降清。左懋第从小视文天祥为楷模，对此自然是断然拒绝。他慷慨陈词，驳斥清廷的荒谬言论，丝毫未丧失气节。清廷颁布剃发令后，左懋第的随员艾大选遵旨剃发，左懋第将其乱棍打死。清廷设"太平宴"宴请，左懋第一口不动。

多尔衮贼心不死，接连派人游说，以高官厚禄劝左懋第投降，但他始终不为所动。洪承畴前来劝降，左懋第嘲讽说："洪督师已经在松山守节而死，先帝赐予他最高荣誉。你是谁，我不认识。"洪承畴羞愧难当，郁郁而退。李建泰又来劝降，左懋第怒斥说："先帝命你带兵剿贼，你既不能以死殉国，又认贼作父，还有什么面目来见我？"堂兄左懋泰来劝降，左懋第直接断绝了兄弟情分，把他呵斥走了。

清廷见劝降不成，便将左懋第逮捕入狱，后又在水牢里关押了他七天。左懋第在狱中墙壁上画了一幅苏武牧羊图，还写下"生为大明忠臣，死为大明忠鬼"的对联贴在门上，以封堵说客之口。

多尔衮大怒，亲自提审，左懋第挺身不跪。多尔衮下令对左懋第施以酷刑。左懋第遍体鳞伤，依旧威武不屈。顺治二年（1645）闰六月二十日，清廷决定将他杀害。刑场上，左懋第向南北连拜两次，慷慨赴死，舍生取义，时年四十五岁。

左懋第矢志不渝，坚贞不屈，不辱使命的事迹比肩元末文天祥，流传百世，受人景仰。

9. 莱州知府朱万年

铁打的莱州

明崇祯四年（1631）闰冬月，明朝叛将孔有德兵变吴桥，连破州县，直逼莱州城。莱州知府朱万年率领军民坚守孤城，拼死拒敌，直至胜利，"铁打的莱州"从此声名远播。

朱万年，明朝黎平府（今贵州黎平）人。生性刚直，不畏权贵。"吴桥兵变"前，孔有德曾带兵经过莱州，朱万年察觉他有叛乱的迹象，于是未雨绸缪，预先做了备战守城的严密部署。孔有德攻克山东重镇登州后，兵锋又直指莱州城。朱万年亲自上阵动员，全城军民士气大振，决心与府城共存亡。崇祯五年（1632）二月初一，新任山东巡抚徐从治、登莱巡抚谢琏等先后到达莱州，协同守城。初三，叛军骑兵五千、步兵一万余抵达莱州，而莱州守军骑兵不足一千，步卒不足四千，众寡悬殊，情势危急。初四，叛军攻城，炮轰、火烧、掘隧道、搭云梯等手段都用上了，莱州城仍巍然屹立。叛军见难以速战速决，遂改变战略，在府城四周扎营，长期围困。朱万年及时调整防御策略，经常趁敌不备深夜偷袭，使敌军日夜不宁，疲于奔命。孔有德恼羞成怒，从登州调来很多大炮，多次轰塌城墙。叛军还在地下挖隧道、埋地雷，城墙被震塌两丈多，叛军趁机蜂拥而上，形势万分危急。朱万年率众奋勇杀敌，叛军尸体堆满城濠。如此险象环生的守卫战，前后历时七个月，大小百余战，守城军民众志成城，府城岿然不动。

三月中旬，明政府任命兵部右侍郎刘宇烈为督理，统领两万五千人赴莱解围。刘宇烈不堪重任，数万大军庸懦怯敌。四月二日，援军抵莱州沙河，十三日被叛军大败。四月十六日，徐从治在西城组织出击时中炮阵亡。朱万年协同谢琏勠力同心，在粮草、武器日渐枯竭的危难关头，依然死守孤城。而此时，明政府内部在对叛军"征剿"还是"招安"的问题上依旧争执不下。兵部收受孔有德贿赂后，竟然不顾莱州安危，欺上瞒下，甚至多次派人去莱州为叛军求抚，并对朱万年妄加指责。

莱州局势越来越严峻，昏庸的朝廷却下达了招安圣旨。七月七日，谢琏、朱万年等冒死去叛军军营宣读圣旨时，伏兵四起，朱万年等要员被俘，多人被杀。叛军趁乱猛力攻城，城上守将杨镇急令关闭城门。叛军推朱万年至城下，胁迫他命令守军投降，朱万年却大喊："我既已被俘，誓必死去。敌人的精锐兵骑都在这里，赶快开炮消灭他们啊，千万不要顾虑我！"见守军不忍开炮，朱万年求死心切，挺身顿足，大声辱骂，以激怒叛军。叛军乱刀砍下，朱万年壮烈殉国。城上军民哭成一片，然后怒炮齐发，毙敌过半，叛军赚城的阴谋被粉碎了。

"信有丈夫眉与须，捐身城下并非愚。果能留得全城在，当日何妨臂也无。"这是清初诗人李书在《吊明太守朱万年》一诗中，对朱万年守城壮举的由衷赞美。崇祯六年（1633）八月，明政府的援军到达，与守军里应外合，剿平了叛乱。莱州父老于朱万年殉难处修了"忠烈祠"，永世纪念他为国尽忠、宁死不降的高贵品质。

10. 登州水师营将领滕国祥

血战鸡鸣岛

康熙五十一年（1712），在黄海海面鸡鸣岛附近发生了一场海战，登州水师营将领滕国祥血战殉国。自那以后，滕国祥的名字写进了史籍，他的英勇事迹在山东沿海一带广为传颂。

滕国祥的先祖是苏州人，升任盐官后迁居山东日照，其祖父又移居蓬莱，世代耕读传家。滕国祥小时候学文，后来转而习武，从军后累升至山东登州水师前营游击。他爱兵如子，体恤兵卒，赏罚分明，和兵丁们相处得如同父子兄弟。

康熙五十一年十月中旬，海面上连日阴云密布，风高浪急。海贼陈尚义在成山卫等处烧杀抢掠，所经之处，无论商船还是渔民均无一逃脱。时任登州水师营游击滕国祥奉上司之命，率一艘战船及水军五十人火速出击，前往缉拿海贼。这么点兵力出海作战，实在有点说不过去。其实这也是无奈之举。当时，清代前期的山东海防十分薄弱，登州水师营有水战兵三百六十五名，守兵五十名，拖缯船七只。负责东至成山头，西至武定营大沽口交界处，北至北隍城岛北四十五公里，计八百八十五公里海岸线的巡防任务。登州水师在处理军务时，难免会捉襟见肘。

十七日早间，海面雾气缭绕，巨浪滔天。滕国祥所部在鸡鸣岛海域与海贼遭遇，遭多条舟艇围攻。激战到傍晚，因寡不敌众，滕国祥手下水军死伤过大半。海贼更加疯狂地围攻纵火，滕国祥胸部及手臂都被铳炮重伤，血流满身，仍坚持指挥。丧心病狂的海贼乘势冲上战船，滕国祥怒目圆睁，持刀砍杀数十名海贼，终因伤势过重气绝身亡。兵丁阵亡者三十三人，其余重伤者冒死跳船，鲜血染红了海面。萧瑟秋风中，战火渐渐熄灭，厮杀声也渐渐平息。鸡鸣岛上空那一道残阳，猩红如血。

受伤兵丁曲忠、杜德溥等抱住破碎的桅杆，随潮水漂流到毡袜山下，被当地渔民救起。曲忠大难不死，声泪俱下地讲着噩梦一样的惨烈战斗，尤其是滕国祥带伤血战的壮举。朝廷得到消息后，对滕国祥深感惋惜。康熙皇帝亲笔写下一道圣旨："滕国祥，好汉子！可惜，一员好将官！赐葬赐恤赠参将。"古代的圣旨诏书大都十分规整，而康熙皇帝的夸赞却是如此直白，这或许是他发自内心最真实的表达吧。清廷给予滕国祥的哀荣可谓盛极一时，他生前的官职是游击，死后追赠参将，又加骠骑将军，在京师入祀昭忠祠，在蓬莱入祀忠义祠，他的事迹被写入《大清一统志》。滕国祥殉难地的老百姓感念他的忠勇，奉他为海神，在成山头建庙供奉。

11. "真御史"李赞元

《四勿诗》教子格言

清代前期，海阳县凤城出了个名人，顺治皇帝赐名"赞元"，称他为"真御史"。他的《四勿诗》教子格言，至今还被当作诗礼传家的教子格言。

他少年丧父，家道中落，没有钱上学，母亲教他读书。有一次母亲翻检旧橱，找出一叠祖上遗留下来的放债券，就递给他看，他见欠债的人都是贫苦人家，就对母亲说："既然这些借债人都没有能力还债，不如把借债条都烧了吧。"母亲就当着他的面，将全部借债条付之一炬。这个时候，他叫李立。

顺治十二年（1655），李立二十二岁考中进士，二十三岁任山东道御史。他奏言刚直不阿，顺治帝赐名"赞元"。二十四岁那年，李赞元奉旨巡按湖北。当地恶霸段世昌恃强凌弱，作恶多端，积案累累，当地官府却不敢秉公执法，任由他逍遥法外。李赞元冷笑一声，只带一个县尉，踏着月色微服访察，连夜将段世昌抓捕，关进了大牢。第二天，为段世昌讲情的说客和文书络绎不绝，李赞元一不见客，二不看信，立斩段世昌于帐下，然后把说情的文书付之一炬。

转过年来，李赞元到达襄阳，正赶上兵荒马乱，老百姓终日惶惶不安。李赞元力主减免赋税，鼓励生产，老百姓逐渐安居乐业。湖北洪门寺有僧人啸聚作恶，官府畏惧其凶恶暴虐，姑息养奸。李赞元乔装打扮前往侦访，不小心被主持识破扣押，囚禁在大殿铜钟下。小和尚陈化从铜钟旁经过，听到呼救声便俯身察看。李赞元急切地向他诉说了事情的来龙去脉，获得陈化的同情。李赞元拿出藏在身上的金印，把金印盖在陈化的手心，让他火速到官府求救。陈化不敢怠慢，连夜跋涉几十里到官府报信。天色破晓时，官兵赶到寺庙，将这股黑恶势力彻底剿灭。

顺治十六年（1659），李赞元奉命巡察淮南、淮北两地盐政，查出虚报盐课征额、官吏勒索盐商、盐商提高盐价及盐场官吏纵役营私、串商自肥、虚填减数等贪腐劣迹。他据实上奏，建议朝廷剔除弊端，改革盐政，皇上批准实行。两年后，因盐税超收，李赞元还京晋升左副都御史。都察院原有建言牌十三道，百官除平日陈奏外，接到建言牌须如实上奏，尽心建言。后来，建言官害怕因奏疏致祸，废除了此牌。李赞元上任左副都御史后，恢复建言牌，鼓励同僚积极建言，自己更是忠心上表，兴利除弊。

李赞元身居要职，门庭显赫，但家规甚严，曾题《四勿诗》为教子格言："手勿释诗书，身勿着华服，心勿思邪事，行勿恃荫势。"他有十三个儿子，代代恪守家训，留下"三代八进士"的美谈。康熙十七年（1678），李赞元在北京病逝，后葬于今海阳市发城镇发城村东北观山之阳，名列国史馆《名臣列传》。

12. 大学士贾桢

天安门外拒阻联军

在晚清时期有这样一位声名显赫的大臣：科举考试，他殿试榜眼；仕途之路，他平顺通达，历任礼部尚书、吏部尚书、武英殿大学士，可以说是位高权重。第二次鸦片战争期间，他在天安门外拒阻侵略军入紫禁城，大义凛然，威武不屈，成为广为传颂的历史佳话。这位三朝重臣就是大学士贾桢。

贾桢（1798—1874），黄县城西九里贾家村（今龙口市东江镇贾家村）人。他自幼聪颖，读书勤勉，学识过人。其父贾允升，清乾隆年间进士，翰林；其弟贾樾，道光年间进士，翰林。贾家一门"兄弟两进士、父子三翰林"，一时广为流传。

在长达半个世纪的宦海生涯中，贾桢心系朝廷，处事机敏，勤政廉明，深得朝廷赏识。咸丰四年（1854），顺天府书吏范鹤等与户部井田科银库书吏相互勾结，营私舞弊，中饱私囊。贾桢受命"察举其弊"，他秉公执法，铁面无私，深入查明真相，严厉处置了贪赃枉法者。

咸丰六年（1855），贾桢母亲故去，朝廷只准假六个月回籍治丧。贾桢上疏恳请：臣兄弟五人，诸弟先后故去，仅剩我一人了。如不能为母亲守制尽孝，臣还算是母亲的亲儿子吗？力求终制（清丁忧守制为二十七个月）。皇上被感动了，应允了他的请求。

咸丰十年（1860）秋，英法政府以"亚罗号事件""马神甫事件"为借口，悍然发动第二次鸦片战争。英法联军攻占天津大沽口后，长驱直入，攻进北京，咸丰皇帝仓皇逃往热河承德避难。时任京师团防大臣的贾桢临危受命，留守京城。当刚刚焚毁、抢掠了圆明园的英法联军叫嚣着攻至天安门时，年逾花甲的贾桢忠于职守，不顾个人安危，凛然端坐在天安门外，拒阻英法联军进入紫禁城宫内。在与英法联军的交涉中，贾桢怒目圆睁，炯炯有神，面色威严，不可侵犯。只见他时而慷慨陈词，据理力争；时而从容不迫，不卑不亢，有礼有节，完全遏制住了侵略者的嚣张气焰，表现出誓死捍卫国家利益的爱国精神和"威武不能屈"的民族气节，也充分显示了胶东人忠君报国的坚定信念和临危不惧的英勇气概。贾桢视死如归，早已把个人生命危险置之度外。在与侵略者面对面周旋中，他机智灵敏，义正词严，迫使侵略者放弃进城入宫的计划，从而化解了一触即发的危机，使紫禁城躲过了侵略者焚毁抢掠的灾难。

贾桢功绩显赫，朝廷屡屡表彰；七十诞辰，皇帝赐寿；七十一岁退而不休，仍担任团练大臣，鞠躬尽瘁。同治十三年（1874）贾桢谢世，享年七十七岁。

13. 宋庆苦战辽东

三易战马而不退

在蓬莱阁景区内天后宫二进院落西侧，有一通笔力遒劲、气势豪迈的"虎"字石碑，落款是"祝三宋庆书于旅顺防次"。宋庆是蓬莱人，清末曾任四川提督。看到这通碑，不由得想起他晚年奉守辽东，白发鏖战，战马数毙的壮烈故事。

光绪二十年（1894）九月，清朝陆军在平壤战败，海军又在黄海大战中失利，东北边境危急。十月，七十四岁高龄的宋庆奉命督师东北。他明知前途险恶，却毅然慷慨赴命。十二月，海城被日军占领。宋庆指挥所部反攻海城，战斗从

宋庆题写的"虎"字碑

上午一直持续到日落，共毙伤日敌四百余人。

光绪二十一年（1895）二月二十四日，宋庆所部在大平山与日军激战。上午八时许，日军开始用大炮进行轰击。宋庆所部坚守阵地，寸土不让。日军一波一波的进攻均被打退，最后把预备队也拉上战场，将宋庆所部团团包围。宋庆策马驰骋于冰雪战场，指挥所部孤军苦战十小时，一直持续到晚上。一发炮弹在宋庆马前爆炸，战马惊厥跌倒，宋庆腰部受伤。他为了不影响士气，换了匹战马重新加入战斗。听说部将马玉昆被困，宋庆又率亲兵闯入重围，掩护他冲开一条血路突围。宋庆多次奋力厮杀，先后有三匹战马被炮火炸死，亲兵也仅剩二十余人。此战共毙伤日军三百三十四人。

著名的田庄台保卫战，是宋庆在甲午战争期间指挥的最大规模的陆战。三月九日，日军为夺取田庄台，投入了三个师团的兵力，集中了九十余门新式大炮，向宋庆所部发起猛攻。在敌强我弱的形势下，宋庆所部灵活机动，或在民房墙壁上挖枪眼，或登上河滩旁的木船，或利用成堆的木材隐蔽，以连发枪打击敌人。日军突入街市后，宋庆临危不惧，指挥若定，官兵同仇敌忾，奋力杀敌，呐喊声惊天动地。无奈双方火力相差悬殊，日军的速射炮狂吐着凶猛的火舌，而清军所用子弹"往往有不合膛或药力不足，难于及远"。日军还在接连不断地增援，而宋庆所部弹药逐渐告竭。为了保存有生力量，宋庆只能边打边撤，退出战斗。此次战斗，清军以伤亡两千余人的代价，击杀日军一千四百多人。

宋庆的部队在战火淬炼中越战越强，队伍像滚雪球一样迅速壮大，从原来的八营扩充到三十九营。当时人们评价说：宋庆所统领的毅军的名声，几乎超越湘军、淮军等劲旅。正当宋庆与诸将商议整军再战时，朝廷却已经决定与日本议和。宋庆听说后痛心疾首，反对议和，他坚定地表示："庆一介武夫，愿与天下精兵，舍身报国。"清政府此时不仅听不进反对者的声音，也决然不会采纳主战派的意见，于是革去了宋庆的职务，命其回到旅顺防地。三年后，八十二岁的宋庆于军中溘然长逝。

14. 甲骨文发现者王懿荣

保卫京城，阖家殉难

光绪二十六年（1900），是王懿荣发现甲骨文的第二年，距离他三十五岁中举入仕，已过去二十年。期间，他三次办团练，三次任国子监祭酒，著有金石文字等方面著作三十余种，颇得光绪皇帝及慈禧太后的赏识。他与翁同龢、张之洞、孙毓汶、刘鹗等人过从甚密，名满海内。

王懿荣

此时的王懿荣五十五岁，功成名就，门生满天下，马上就要到安享晚年的时候。可世事难料，人生无常。在京津、山东一带，义和团运动正一步步走向高潮，西方各国虎视眈眈，伺机而动。满腹经纶的王懿荣忧心忡忡，已无心欣赏刚刚搜集到的甲骨文。

光绪二十六年（1900），北京城迎来惊天动地的庚子事变，西方列强为扑灭义和团愈演愈烈的反帝烈火，组成八国联军，由天津向北京进犯。清政府任命国子监祭酒王懿荣为京师团练大臣。接到圣旨的那一刻，王懿荣仰天长叹，他明白，为国尽职直至殉难的时候就要到了。

　　在八国联军洋枪大炮的威胁下，北京城处于风雨飘摇之中。王懿荣虽为京师团练大臣却没有军事指挥权，下属千余人，近半是老弱残兵，而且缺乏武器装备。他起早贪黑地忙碌团练事务，操练兵马，加固城防，严阵以待，誓死迎击来犯之敌。进入七月，战事愈发吃紧。八国联军占领大沽口炮台的消息传来，王懿荣愈发强烈地感到时局的严重性。他在北京锡拉胡同十一号的宅院里，命仆人将小花园里那口深井淘深。面对老井，他意味深长地对家人说，一旦城破，这口井将是他们最后的归宿，显示了与京城共存亡的决心。

　　八月十四日，八国联军攻开了东便门，百姓扶老携幼，号哭奔逃。王懿荣毫无惧色，明知不可为而为之，镇定自若地在团练局指挥兵勇作最后的抵抗。次日凌晨，慈禧太后携光绪皇帝仓皇出逃的消息传来。国破梦碎，王懿荣徘徊于庭院，不禁悲从中来，仰天浩叹："吾可以死矣！"他整好衣冠，挥笔写下绝命词："主忧臣辱，主辱臣死。于止知其所止，此为近之。"他用尽生命最终的力气展示他的坚贞不屈：君主处境不好，臣子应该感到耻辱；君主蒙受耻辱，臣子应该以死效忠。我现在这样以自杀殉国，就近乎忠臣了。写罢，王懿荣仰头吞金，痛苦至极却未能得死；随即服毒，也没有立刻死去。他令家人将井石挪开，准备投井。众仆人围跪哭劝，王懿荣仰天大笑说：
"吾家可谓忠孝节义俱全，死而无憾！"随即推开众人，纵身
跳入井中，慷慨赴死，壮烈殉国。夫人见状，痛哭失声，也迈
着小脚爬上井台，决绝地一跳。肝肠寸断的长儿媳紧跟在婆婆
的脚后，撕心裂肺地哭喊着，一头扎进井里……

王懿荣五十五岁的生命，定格在二十世纪的第一年。他宁
为玉碎、不为瓦全的民族气节永垂青史，永远受到百姓的尊敬。

（二）文化名流

1. 左伯创制"子邑纸"
造纸术的改进

造纸术是中国古代四大发明之一。西汉时期，人们已经懂
得了造纸的基本方法。东汉时，宦官蔡伦总结前人经验，改进
造纸工艺，用树皮、麻头、破布、旧渔网等植物纤维为原料造
纸，纸的质量大大提高。蔡伦因改进了造纸术而被列为中国古
代科学家。到东汉后期，有一个掖县人曾经对造纸术的改进做
出了重要贡献，这个人就是左伯，字子邑，后人把他创制的纸
以他的名字来命名，称为"子邑纸"。左伯创制的纸，精细有光，
质地优良，与张芝笔、韦诞墨同为当时文房四宝的三大名品。

左伯是东汉末年东莱掖县人，他从小爱动脑筋，善于思考；

他精于书法，是东汉著名的学者和书法家。东汉和帝时，蔡伦改进了造纸术，纸开始在全国广泛使用，但那时的蔡伦纸难免有许多不完善之处，需要进一步改进提高。

左伯与学者毛弘同为书法名家，常在一起，切磋书法技艺，交流心得。文人所爱，莫过于纸、墨、笔、砚，对书法家来说，以上文房四宝尤为关键。但左伯与毛弘在运笔时，经常感到受制于纸的质量。很多时候，本来正欲挥笔疾书，最后却由于种种不如意，导致兴致全无，令人扫兴。

左伯时常感叹，如果纸的质量得以提升，自己的书法会进步得更快。感慨之余，左伯慢慢悟到了一个道理：求人不如求己，如果找到改进造纸术的方法，岂不是两全其美。此后，左伯经常约上好友毛弘，仔细研究自西汉以来的造纸技艺。他们先是尝试用蔡伦的方法造纸，即以树皮、麻头、碎布、破渔网等为原料，然后不断摸索改进造纸工艺的方法。经过无数个日日夜夜的苦思冥想和无数次试验，左伯终于创制出一种细腻光洁的新型纸。这种纸纤维细软，分布均匀，光亮整洁，适于书写，有较高的使用价值。左伯创制的纸推广开来后，深受文人墨客的喜爱，人们亲切地称之为"子邑纸"，又称"左伯纸"。

《三辅决录》一书中，对"子邑纸"有这样一段记载。南朝竟陵王萧子良在给学者、南齐官吏王僧虔的信中说："左子邑制的纸，美妙有光。韦仲将制作的墨，在这种纸上书写，墨黑如漆；张伯英制作的笔，在这种纸上书写，尽意穷声，表现得淋漓尽致。"当时精于书法的史学家蔡邕，"每每作书，非左伯纸不妄下笔"。可见"子邑纸"在当时的声誉是很高的。

造纸术的发明，是中国对世界文明的伟大贡献之一。世界各国的造纸术大都是从中国辗转流传过去的。左伯进一步改进、发展了蔡伦的造纸技术，在中国科技史上写下了浓重的一笔。

2. 数学家徐岳

首创珠算法

当今社会已经进入了电子计算机时代，大部分计算依靠电子计算机。而在电子计算机面世之前，中国计算依靠的主要工具是算盘。算盘起源于中国，是中国古代的一项重要发明，至今已有一千八百多年的历史。发明世界上最早的算盘——游珠算盘，首创运用算盘来计算的是东汉著名科学家徐岳。

徐岳（？—220），字公河，东莱掖县人。徐岳生活于东汉末年，当时，朝廷中有外戚专权、宦官专政，斗争十分激烈。随后，黄巾起义爆发，社会动荡不安。黄巾起义被镇压后，东汉又陷入了军阀割据的泥潭。

徐岳潜心探求自然界的奥秘，不为乱世纷争所左右。汉灵帝时，他随著名数学家、天文学家、算圣刘洪学习"乾象历"法，精心钻研"晦、朔、弦、望、日月交食"等历法方面的学问。他发展和完善了他老师所创的"乾象历"，后被东吴采用，在全国实行。对历法的深入研究为徐岳从事算学研究打下了坚实的基础。后来，徐岳搜集了我国先秦以来的大量数学资料，撰写出许多具有世界意义的数学著述。

据《隋书·经籍志》记载，徐岳撰写有《九章算经》《数术记遗》《算经要用》等书，并和甄鸾一起重述过《九章算术》，这些著述，后来成为唐代国子监算学馆课本《算经十书》中最重要的内容。

在《数术记遗》一书中，徐岳以与刘洪问答的形式，介绍了命数法、积算（即算筹记数的方法）、珠算、心算等十四种计算方法，"珠算"被列为第十三种，其中说："珠算，控带四时，经纬三才。"意思是说，算盘刻木上下两部停游珠用，中间一部定位用。每位各有五枚珠，上面一枚与下面四枚有颜色区分，上珠当五，下珠当一。这些文字被认为是我国最早关于"珠算"的记载。后来，北周数学家甄鸾专门对这段文字做了注释。《数术记遗》中记载的"游珠算盘"，被认为是现代"有档串珠算盘"的雏形。徐岳不仅设计出珠算盘的样式，而且在世界上第一次为珠算定名。清代数学家梅启照等人就此认为，算盘起源于我国的东汉、南北朝时期，徐岳是珠算法的创始人，当之无愧的"珠算始祖"。

北宋元丰七年（1084），秘书省在刻印《算经十书》时发现，这套书中的《缀术》部分已失传，后来就以《数术记遗》代替，这充分说明这本书的价值。

算盘是古代中国计算技术的标志性符号。英国李约瑟在《中国科学技术史》中记述："欧洲出现算盘大约在三或四世纪，那么中国人应用珠算就比欧洲人略早一些。"

徐岳发明的算盘和珠算法，直到二十世纪末期依然在中国普遍使用。在现代计算机日渐普及的今天，算盘终于完成了使命，逐渐退出了历史舞台。

3. 赵明诚与李清照

莱州之恋

两宋之交是中国历史上一个令人唏嘘的时期，当时金朝南侵，北宋灭亡，南宋在隐忍中苟延残喘。在这样一个时代，赵明诚与李清照夫妇，既忧国忧民，操劳政务，又不忘探古寻宝，钻研学问，他们两人的故事，堪称人间佳话。

赵明诚自年少时即喜好金石之学。宋徽宗建中靖国元年（1101），李清照与太学生赵明诚在汴京成婚。婚后，夫妻二人志同道合，以收集金石字画作趣。

宣和三年（1121），赵明诚任莱州(今山东莱州市)太守。这一年的秋天，李清照离开居住了十几年之久的青州，风尘仆仆，前往莱州与赵明诚团聚。

李清照画像

在莱州期间，赵明诚忙于公务和官场的应酬，常数日不归，李清照只得独自一人坐在空荡荡的书房里，百无聊赖地打发时光。想起昔日夫妻之间促膝长谈、切磋学问的景象，李清照不由得暗自神伤。一日，李清照写了一首《感怀》诗，留在书桌上，赵明诚看后，没有辩解，却心领神会。

莱州城南有云峰山，北魏光州刺史、著名书法家郑道昭曾在此山留下了宝贵题刻十七处。闲暇之时，赵明诚常与僚属们登山。每到郑文公碑下，总是细细观赏，流连忘返。当时掖县城里有一位名叫刘绎如的朝士，见赵明诚夫妇如此酷爱金石，就毅然割爱，将自己家中珍藏的四百卷汉唐石刻全部相送。至此，他们夫妇共积得夏商周以来的古物铭文和汉唐石刻拓片达两千余种。

此后五六年的时间，赵明诚在白天处理完公务后，就回到在莱州的宅第，与李清照一起整理收集的文物拓片。赵明诚将宅第命名为"静治堂"，取"静心治家"之意。夫妻两人常常忙到深夜，每晚一烛燃尽，才肯休息。经过几年艰辛努力，一部长达三十卷的《金石录》初稿终于完成了。

为了完成这一浩繁工程，赵明诚夫妇耗尽家财，勉强度日。日子虽清苦，身体虽劳累，但生活中仍不乏乐趣。在莱州的这几年，是李清照一生中最开心的时光。

靖康二年（1127）三月，赵明诚南下金陵，任江宁知府。李清照返回青州，整理家中的金石文物，然后南下与赵明诚会和。她离开后没多久，金兵攻陷青州，她的家以及未能带走的金石文物全部毁于战火。建炎三年（1129），赵明诚因病于建康（南京）去世，年仅四十九岁。赵明诚病逝后，李清照带着《金石录》初稿，跋山涉水，千里转徙，尝尽了国破家亡之苦。直到绍兴二年（1132），李清照在颠沛流离中完成了对初稿的修订。在李清照的眼里，《金石录》已不单纯是学问，而是她写给亡夫的情诗。

两年后，即绍兴四年（1134），李清照写成《金石录后序》，述《金石录》编撰经过以及夫妇收藏书、画之细节。此时，赵明诚已去世六载，两人共同收藏的文物仅存十之二三。李清照回忆往事百感交集，情不能禁，故而此文凄楚婉约，文笔动人。或许，李清照在伤感之余也会把他们在莱州的日子作为美好回忆，以此来宽慰自己吧。

4. 画家崔子忠

书画独贻知己

"南陈北崔"是中国古代美术史上对明末时期两位大画家的尊称："南陈"指浙江诸暨的陈洪绶，"北崔"指山东莱阳的崔子忠。这是对他们在人物画领域作出卓越成就的赞誉。

崔子忠（约1574—1644），初名丹，后更名子忠，山东莱阳人，祖籍山东平度，后移居顺天府。少时勤勉好学，精通五经，能诗，以文学知名于世。明熹宗天启元年（1621），崔子忠与史可法、王崇简一起，被时任畿辅学政的左光斗拔为顺天府廪生。子忠为文崛奥，不合八股要求，后数次科举不中，遂放弃科举，拜董其昌为师，学习绘画。他博采众长，师法自然，擅画人物、仕女、肖像，笔墨精妙，古朴典雅，蜚声画坛。《云中玉女图》《苏轼留带图》《伏生授经图》《洗象图》等皆为传世珍品。

崔子忠孤高自重，淡泊名利，不入世俗。其书画不轻易示人，只送知心朋友。凡以金帛重礼求画者，概不应允，故有"杖履不入王侯家"之誉。旧友宋应亨借崔子忠寿辰，派属下送来一千两银子索画，崔子忠把银子扔到地上，拒不接受。宋玫任谏官时屡次向子忠求画而不得。一天，宋玫把崔子忠请到府中，关上大门道：今天别怪老同学无理，若再不给我作画，我就不放你回家！崔子忠无奈，只得画了一幅。崔子忠离开宋玫的家后，便派邻家学童前往取画，转达说"有树石略简，须增润数笔"。宋玫信以为真，把画交回，崔子忠当即将画撕碎。宋玫闻知后，哭笑不得，却又奈何不了这位孤傲名高的昔日同窗。

史可法和崔子忠曾是很要好的同学。到崇祯后期，史可法已负盛名。有一次，史可法路过崔子忠家，见门庭萧条，知其窘困，就留下乘马赠之。崔子忠把马牵到集市卖了四十两银子，然后与朋友相聚痛饮，银两一日散尽；他还说："此酒自史道邻（可法）来，非盗泉也。"崔子忠为人耿介，性情旷达，处事孤峭，由此可见一斑。

左懋第字仲及，莱阳进士，官至南明兵部右侍郎等职。1644年，他奉命北上与清议和。左懋第大义凛然，被清政府囚禁监押。次年六月南京失守，左懋第痛不欲生，面南而泣。清摄政王亲自劝降，左懋第断然拒绝，后来被清政府杀害。崔子忠听说左懋第的事迹后，含悲作《左忠贞公肖像》，画的背景是一只鹤，一棵松，题款：九皋鸣鹤，冬岭孤松，村堪梁栋，声振苍穹，松高鹤洁，矫矫左公。又题：为仲及世兄写照并题，子忠崔丹。达官贵人重金求画而不得，崔子忠自愿为有民族气节的左懋第画像，足以彰显其深切的爱国主义情怀。

明朝灭亡后，崔子忠贫愤交集，走入土室（陶窑）困饿而死。也有人说，崔子忠没死，他潜回莱阳，更名隐居，授徒山中。无论哪种结局，都反映了崔子忠忠贞不渝的气节与操守。

5. 郝懿行与王照圆

琴瑟和鸣

在"女子无才便是德"腐朽观念的影响下，中国古代女子受教育的机会很少，因此在历史长河中留下足迹的才女屈指可数，而那种志趣相投、灵魂契合的夫妻更是少见。到了清代乾嘉时期，在清朝的学者中流传有"高邮王父子，栖霞郝夫妇"的美誉。"王父子"指的是著名的训诂学家王念孙、王引之父子，"郝夫妇"指的是栖霞的郝懿行、王照圆夫妇。

郝懿行，号兰皋，山东栖霞人。年少时受到提学使赵鹿泉的赞赏，被称为"栖霞四杰"之一。郝懿行二十一岁时与林氏结婚。三十岁时，林氏病逝。第二年，郝懿行与王照圆结为伉俪，从此二人终身为伴。

王照圆是福山县人，六岁时，父亲去世，由母亲林氏抚养。十岁时，林氏教她读《孝经》《内则》。稍大后，母亲为她讲授《诗经》，这为她以后著述、治学打下了坚实的基础。

郝懿行不善言辞，平日里沉默寡言，所居四壁萧然，庭院蓬蒿常满，然而与王照圆结婚后，二人志同道合，安于贫困，生活得十分和美。两人常以诗唱和，互相鼓励，既和谐且富有情趣。乾隆五十三年（1788），朝廷开"恩科"，郝懿行参加了山东的"乡试"，考取举人。王照圆作诗一首《戊申秋试寄兰皋》，以表鼓励。嘉庆四年（1799），郝懿行中进士，官至户部主事。当年十月，王照圆来到京城，与夫居山左会馆。在京为官时，郝懿行拿到俸禄后先用来买书，家中书籍越来越多，家境却每况愈下。两人共守贫穷，相濡以沫，同心努力治学。

郝懿行从三十多岁时即开始著书，一发而不可收，平生完成五十余部近四百卷经世之作。其中，《尔雅义疏》用时最久，曾数易其稿，直至临终前才完成，是其一生心血的结晶。

王照圆既是郝懿行生活上的伴侣，又是其学问上的诤友。两人评经论史，析疑辩难，如师如友。遇观点相抵牾时，每常争论竟日。两人时常"以诗答问"，天长日久，积累起来，竟成《诗问》七卷。夫妻合作解释《诗经》，这在当时的学术界传为佳话。王照圆的著述《列仙传校正》《列女传补注》的完成，都得到郝懿行的帮助。晚年，郝懿行将与妻王照圆的诗作合编为《和鸣集》，收录了夫妻二人各自之作，亦有二人同题之作，更有二人互相唱和之作。王照圆的学识，在郝懿行的学术研究中发挥了重要作用，郝懿行的许多著述，也注入了王照圆的心血。以"琴瑟和谐，鸾凤和鸣"来比喻郝懿行夫妇，可谓恰如其分。

道光五年（1825），郝懿行卒于北京，除留下丰富的著述外，别无长物。回到栖霞故里后，王照圆一心整理丈夫的遗著，咸丰元年（1851）卒于家中，享年八十九岁。

郝懿行的孙子郝联薇，以诸生捐纳知县，后擢顺天府东路厅同知。他不遗余力将郝懿行的遗著加以刊行，取名曰《郝氏遗书全函》，从而使郝懿行遗著得以传世。

6. 经学大师牟庭

梦中吟诗

牟庭是清代前期著名经学大师。在人们的印象中，凡是大师，往往表情严肃，不苟言笑，做起事来一本正经，而在牟庭所著《雪泥书屋杂志》中曾记载了多个十分有趣的故事，从一个侧面向人们展示了牟庭一家深厚的文化底蕴和浓郁的文化氛围。

牟庭（1759—1832），原名廷相，字陌人，号默人。原为古镇都人，后徙居悦心亭。牟庭生于乾隆二十四年（1759），自幼天资聪颖，十九岁补诸生，被山东学使赵鹿泉称为"山左第一秀才"。牟庭成为优贡之后，屡试不第。后曾出任观城县训导，不久因病辞职。终生著书立说，先后积累下五十余部手稿。道光十二年（1832），牟庭去世，享寿七十四岁。

牟庭著述虽丰，生前却未能付梓。其代表作《同文尚书》，费四十年心血，依文风辨真伪，解决了尚书学上今、古两派相争的成案，开创了成为牟氏一家的"尚书学"。《诗切》从语言、文字、语法、词汇、地理、历史、制度、文物八个方面对诗三百首进行剖析。二十世纪初，梁启超曾将其《周公年表》列为近三百余年来学术名著之列。

牟庭不仅爱读书，而且在读书时将自己的感想、学术灵感均记录下来，并提出自己的见解。《雪泥书屋杂志》是牟庭的读书笔记或者学术札记，共分四卷。在卷一中，牟庭记述了他在乾隆五十八年的春天里做的一个梦，梦见与牟愿相、贾允升、张墨宾一起赋诗。

牟庭这样记述他的梦中所见：一日，在梦中恍恍惚惚进入一个清旷雅致的园林。刚走了几十步，远远看到一个小草亭，正想坐在上面休息一会儿，忽然看到本家兄弟牟愿相和黄县的贾允升、莱芜的张墨宾都在呢。草亭上悬挂一块匾额，上书"香味色声"四字。贾允升感慨万千，一拍大腿，大声说："这里环境如此优雅，正好可以吟诗作赋。"这时，一位童子正捧着瓜果过来款待客人，听到这话禁不止掩口而笑。贾允升夺过童子手中拿的白纸扇，挥笔疾书，题曰："龙脑薰衣春送酒，蛾眉搴袖夜调筝。"然后传给身边的张墨宾。张墨宾接过笔，说了一句"看我的"，题曰："荷花风暖鱼钩上，柳叶阴长牧笛横。"随即传给牟愿相。牟愿相手拿毛笔，口中轻声念道："两个黄柑半壶酒，四围绿柳一春莺。"牟庭在一边催促说："好诗，好诗。你快着点，现在该轮到我了吧！"牟愿相连声说："别急，别急。"众人哈哈大笑起来。此时，童子缓缓展开扇子，惊讶地说："看，四个人的诗这不是都在上面了吗？"拿过来一看，原来牟庭已经飞快题诗在上面，诗曰："海棠千朵酒醒处，山月一钩潮落时。"众人既惊又喜。忽然一阵风吹来，牟庭从梦中醒来。牟庭醒来后，立刻把梦中所题诗句记于墙壁之上。

由以上可见，在牟庭的梦中，贾允升、张墨宾、牟愿相、牟庭四人合作，各赋诗一句，可得七言诗一首，即："龙脑薰衣春送酒，蛾眉搴袖夜调筝。荷花风暖鱼钩上，柳叶阴长牧笛横。两个黄柑半壶酒，四围绿柳一春莺。海棠千朵酒醒处，山月一钩潮落时。"

谁能想到，在二百多年前，经学大师的生活居然是如此惬意，又热闹非凡；大师的精神世界是如此丰富多彩，连做梦也充满了诗情与画意。

7. "一代诗宗"宋琬

散财救百姓

宋琬（1614—1673），字玉叔，号荔裳，山东省莱阳市人。清朝初期著名诗人，清代八大诗家之一，被称为"一代诗宗"。宋琬的一生，是十分坎坷的一生。他曾三次入狱，受尽波折，然而他时刻胸怀天下，心系百姓。

早年，在科举取士的道路上，宋琬还算比较顺利。顺治三年（1646），宋琬参加乡试，

宋琬画像

考中第二名。第二年，宋琬中进士，授户部河南司主事，随即调任吏部稽勋司主事。顺治七年（1650），宋琬第一次被捕入狱。这是因为，当年清军进攻胶东之时，宋琬的父亲宋应亨死守莱阳，抗击清兵，最后殉国而死。有人将此事揭发，导致宋琬被捕。宋琬在监狱里待了一年，到第二年才被放出来。顺治

十八年（1661），宋琬调任为左参政，守绍兴，不久遭遇诬陷，再次入狱。

顺治七年（1650）、顺治十八年（1661），栖霞县武举于七先后两次发动抗清起义，给清政府沉重打击。同族中人因琐事对宋琬不满，为泄私愤，诬告宋琬与于七有勾结。清政府接到举报，不敢怠慢，再次将宋琬抓捕，抄没家产，其家人也一并被关押入狱。宋琬在神情恍惚中度过了两年暗无天日的牢狱生活，后来因为证据不足而被释放。出狱后，宋琬无家可归，只能流落江南，过着颠沛流离的生活。

宋琬在江浙一带生活了近八年，此间他开始致力于著书与诗作。不幸的是，期间他受一桩案子的牵连，第三次入狱。至康熙十一年（1672），宋琬的冤情才得以昭雪。清政府重新起用宋琬，任命他为四川按察使。康熙十二年（1673），宋琬上京述职，时逢吴三桂起兵叛乱，攻陷成都。宋琬闻讯后，担心蜀中妻子儿女安危，惊恐忧郁成疾，不久病逝于京都馆舍，时年五十九岁。

宋琬一生最大的成就是他的诗。早年在吏部任职时，他与严沆、施闰章、丁澎等人经常唱和，名满京师，时有"燕台七子"之称。由于他的人生一波三折，颠沛流离，所以他的诗作内容大多抒写个人的穷愁、哀伤，也有反映民众的苦难及美好愿望的作品。他的诗用语奇丽，比喻清新，委婉含蓄，属对工巧，极为时人所推崇。时人把他的诗与施闰章齐名，因此又有"南施北宋"之说。宋琬一生著述颇丰，均收在《安雅堂集》里。

虽然宋琬个人屡遭不幸，但他为官清正廉洁，尽职尽责，富有爱民之心，一心为国家、百姓效力。顺治十一年（1654），宋琬曾出任陇西道佥事。刚到陇西上任，秦州就发生了大地震，老百姓生命财产受到严重的损失，许多人无家可归。宋琬一面上奏朝廷，请求朝廷调粮，赈济灾民，一面四处鼓动，说服富户出钱赈灾。他还托人从家乡莱阳寄来自己的大部分家产，用来救济百姓，帮助百姓们重建家园。在宋琬的多方筹措下，这场灾难得以平稳度过。可见，宋琬本是忠勇爱国、侠肝义胆之人，但他的一生跌宕起伏，受尽磨难，实在令人唏嘘不已。

8. 顾炎武与莱州

北行第一站

"天下兴亡，匹夫有责"，是明末清初思想家顾炎武的名言。数百年来，这八个字振聋发聩，激励和振奋了一代又一代中国人。顾炎武是这么说的，也是这么做的。清朝初年，他由江南北上，第一站来到山东莱州。他晚年在北方的一系列活动，都是对这八个字的身体力行。

顾炎武邮票

顾炎武，号亭林，江苏昆山人，与黄宗羲、王夫之并称清初三大儒。顾炎武学识渊博，却一生坎坷。他生于明清相交的动荡年代，前半生经历了山河破碎、江山易主，经历了令之痛心疾首的家族风波，经历了惊心动魄的牢狱之灾，但他坚持抗清，矢志不移；后半生，他精研学问，成一代大师。他倔强的性格、一身的傲骨、"不事二主"的气节，以及"以天下为己任"的胸怀，为读书人树立了不朽的人格榜样。

顺治二年（1645），清军南下，江南民众奋起抵抗。顾炎武与好友在昆山组织起义军，进行抗清斗争。起义失败以后，顾炎武的嗣母王氏绝食十天殉国，临终留下遗言给顾炎武："无为异国臣子，无负世世国恩。"顺治四年（1647），在《精卫·万事有不平》诗中，顾炎武以精卫为喻，表露了他抗清复明、立志复国的决心。此后几年，顾炎武曾数次准备南下，赴福建参加风起云涌的抗清复明事业，但由于各种原因，未能成行。

顺治十四年（1657）元旦，顾炎武拜谒孝陵，以寄故国之思，然后返昆山，将家产尽行变卖，从此离开富庶繁华的江南和自己的亲人，过江北上，一去不归。是年顾炎武四十五岁。此后二十多年间，他孑然一身，游踪不定，足迹遍及山东、河北、山西、河南、陕西等地，结纳各地抗清志士，考察中国山川形势，徐图复明大业。

顾炎武北行第一站选择复社活动活跃、影响较大的掖县(今莱州)。复社是明末以江南士大夫为核心的政治、文学团体，主要领导人为张溥、张采。复社成员大都怀着饱满的政治热情，切磋学问，砥砺品行，反对空谈，密切关注社会人生。十七岁时，顾炎武就加入了复社。顺治九年（1652），复社为清政府所取缔，很多成员秘密进行抗清活动。

掖县的赵士喆与莱阳的宋继澄是复社在北方最大的分社——山左大社的倡导者。赵士喆（1593—1655），字伯浚，号东山，今莱州市人。明朝末年，为响应江南复社，赵士喆与胶东的一些文人名士组织了著名的山左大社。明朝灭亡后，赵士喆避乱于登州松椒山，蓄发不去，以示气节。顾炎武到达掖县时，赵士喆已于两年前去世。顾炎武拜访赵士喆的兄弟赵士完和任氏家族的任唐臣、任虞臣，并定为生死之交。在掖县旅居期间，顾炎武受任唐臣之托，撰《莱州任氏族谱序》，后记录在《再续掖县志》中。宋继澄是莱阳人，号万柳居士，有"东海大儒"之称。宋继澄与其子宋琏皆为"复社"中坚人物，并以莱阳为中心组织了海滨复社。明亡后，宋继澄隐居不仕，设教于即墨，居崂山玉蕊楼多年，与即墨人黄培等结诗社，朝夕吟咏。

黄培，字孟坚，号封岳，其叔父为明朝御史黄宗昌。明亡后，黄培隐居乡间，蓄发宽袍，爱憎分明，不结交新朝权贵。在宋继澄父子影响下，黄培开始参与宋继澄组织的诗社的活动，借诗明志，抒发胸襟。康熙元年（1662），黄培刊刻平生所作为《含章馆诗集》。康熙五年（1666），有奸佞小人断章取义地指控黄培有反清复明思想，从而酿成黄培诗案。顾炎武曾为黄宗昌的《崂山志》写过序。此次北上，又来即墨，在黄家做客，因此顾炎武受到牵连，入狱七个月，后因证据不足而出狱，而黄培则于康熙八年（1669）在济南被杀害。经过黄培诗案，顾炎武更加看清了清政府的面目。此后，他多次拒绝清政府的征召，誓死不为清政府效力。

顾炎武堪称学者的楷模，文人的榜样。明朝灭亡后，他辗转全国各地，从事反清运动，一生拒绝仕清，是当时最有骨气的文人之一。

9. 书法家王垿

"有匾皆书垿"

"有匾皆书垿，无腔不学谭。"这是清末民初在京城广为流传的谚语。其中的"垿"即名噪一时的大书法家王垿，"谭"为京剧名角谭鑫培。这个谚语真实反映出王垿的书法当年在京城随处可见、广受追捧的盛况。

王垿，莱阳县（今莱阳市）穴坊镇蚬子湾村人，后迁居莱阳城南门里杏坛坊。二十一岁中举人，三十一岁中进士，历任国子监祭酒、礼部侍郎、法部右侍郎、清实录馆副总裁。

王垿的父亲王兰升是同治丁卯解元，甲戌进士，授翰林院编修。其书法雄浑劲健，为当世所重。顺天宛平状元陈冕即出自其门下。兄王塾为光绪庚寅进士，入翰林院庶吉士，后任广西桂林知府，为官清廉，有政绩，工书法。"一门三翰林，父子书法家"的赞誉，流传遐迩。

生活在这样的书香之家，王垿日日勤奋读书，晨夕刻苦练字，遍临历代名家碑帖，书法造诣深厚扎实。王垿工于行楷，正、隶、行、草、篆均有涉猎。其用笔方圆兼施，行笔爽快有力；点画圆满，厚重凝练；结体谨严，挺拔健美，其功力非一般书家可比；竖画内挑钩刚劲爽利，堪称一绝。其书虽未脱馆阁体束缚，然平整中寓险奇，圆润里见清劲，筋强骨健，外柔内方，被誉为"垿体"。他书写的大字雍容整肃，气度非凡，望之摄人心魄，过目难忘。

王垿性格秉直，不畏权势。光绪三十一年（1905），李莲英庆寿，众臣皆备贺礼示好，唯王垿无动于衷，说："我从不接受贿赂，也不贿赂他人，更何况一太监呢！自康熙帝时起，就不准太监议政，也不准其离京，如今李莲英竟手握大权，即使这样我也不会讨好他。"王垿刚正不阿，公私分明，同僚皆笑其愚憨。

王垿身材魁梧，声音洪亮，为人有侠义之气。他父亲的得意弟子、状元陈冕不幸在京城病故，其子年幼，无力操办丧事，王垿慨然助之。他捐款修建了齐燕会馆，又建房成立了莱阳同乡会。

民国元年，王垿流寓青岛，依旧习字不辍。"有匾皆书垿"之盛况更甚于京城，瑞福祥、天德塘、聚福楼、顺兴楼、洪兴德、裕长酱园、泉祥茶庄等商号牌匾与两侧长联均出自其手。他书写的崂山"明霞洞"、天后宫内的"有求必应"、仙姑塔中的"贞闺仙迹"等匾额及碑文，至今尚存。1933年病逝，享年七十六岁。

10. 冰心与烟台

灵魂的故乡

生于20世纪初年的冰心先生，在她九十九岁时溘然长逝。冰心先生晚年定居北京，烟台人经常去看望她，冰心先生不止一次地说"烟台的大海是我童年的摇篮"。她曾满怀深情地写道："烟台是我灵魂的故乡，是我创作的源泉，我对烟台的眷恋是无限的。"

烟台山上的冰心雕像

　　烟台山上的冰心纪念馆前，身着中式长衫加花纹披肩、双手相叠端坐藤椅上的冰心先生铜雕像，静静地注视着这座见证了中国近代百年风云的海滨城市，身边的玫瑰园氤氲着老人飘香的记忆。

　　冰心，原名谢婉莹，光绪二十六年（1900）出生于福建。三岁那年，父亲谢葆璋受命在烟台创办海军学堂并任校长，冰心随父母迁至烟台。从三岁到十一岁，冰心的童年洒满了烟台海边波光粼粼的日光月影。

　　烟台的地名，写满了冰心的回忆。她家数次搬迁，每一处住所都邻近大海。在八年与海相伴的时光里，涛声不绝于耳。烟台山下，与朝阳街交错的会英街上的海军采办厅，是冰心住的第一个"家"，她用文字留下深情："我记得这客厅里有一副长联是：此地有崇山峻岭茂林修竹，是能读三坟五典八索九丘。""不久，我们又搬到烟台东山北坡上的一所海军医院去寄居……从廊上东望就看见了大海。""不久，我们又翻过山坡，搬到东山东边的海军练营旁边新盖好的房子里……离海最近的一段。"那些发黄的老照片，记录了冰心童年的足迹，她牵着大人的手，到烟台福建会馆、张裕葡萄园、毓璜顶等地聚会、听戏、游览，也会"穿着黑色带金线的军服，佩着一柄短短的军刀，骑在很高的大白马上，在海岸边缓辔徐行"，心里"充满了壮美的快感"。

童年的境遇对人生的深远影响，必定伴随终生。冰心心中的第二故乡烟台的海与山，水兵与灯塔，不仅给了她凭海临风的快乐，也给了她最初的文学启蒙。冰心"海化"性格和爱国主义思想，也在这里蓬勃生长。1923年，青春飞扬的冰心在《信誓》里写道："文艺好像海的女神，我是忠诚的舟子，寄一叶的生涯于她起伏不定的波涛之上。她的笑靥，引导了我的前途；她的怒颦，指示了我的归路。"岁月如风，白驹过隙。1962年秋夜，灯下的心绪汹涌起伏，年过花甲的冰心在稿纸上写下散文《海恋》："这大海横亘南北，布满东方的天边，天边有几笔淡墨画成的海岛，那就是芝罘岛……这幅海的图画，是在我童年……清澈而敏强的记忆力……深刻到永不磨灭。"

世事变迁，人生无常。武昌起义爆发后，烟台海军学堂学生写血书支援。有人向清政府告密，谢葆璋愤而辞职，冰心全家从此离开烟台。后来，冰心又曾两次回到梦萦魂牵的烟台，回味烟台海边的童年生活，倾诉对这座城市无边的眷恋。

（三）商界精英

1. 张弼士与张裕公司

万国博览会获"金奖"

"美酒荣获金奖，飘香万国；怪杰赢得人心，流芳千古。"这是孙中山先生在张弼士葬礼上敬送的挽联，精辟概括出张弼士创办的张裕公司美酒荣膺万国博览会金奖的传奇。

张弼士（1841—1916），广东省大埔县（今广东省梅州市大埔县）人。道光二十一年（1841）出生在一个乡村私塾先生的家庭，十七岁时跟随同乡下南洋谋生。凭着精明能干、忠厚诚信的品质，张弼士在商海纵横捭阖，施展着过人的才干。经过三十多年的拼搏奋斗，张弼士积累了惊人财富，企业遍布南洋各地，成为南洋华侨首富。

光绪十七年（1891）夏天，时任登莱青兵备道道台兼东海关监督的盛宣怀邀请张弼士来烟台考察。芝罘依山傍海的地理环境、温和湿润的自然气候、南来北往的海陆交通，丰饶的物产、淳朴

张弼士雕像

的民风等均给张弼士留下难忘的印象。在盛宣怀的鼎力支持下，张弼士当机立断，投资烟台，创办酿酒公司，并取名"张裕"。"张裕"二字，冠以张姓，取昌裕兴隆之意。时任户部尚书、军机大臣翁同龢亲笔为公司题写了厂名。

当年9月，张弼士投资三百万两白银，购下两座荒山，并从德、法、意、美等国引进优质葡萄品种，开辟了上千亩葡萄园，同时引进压榨机、蒸馏机、发酵机等酿酒先进设备，建造地下大酒窖，重金聘请欧洲一流酿酒师。这是我国最早采用现代技术酿造葡萄酒的大企业，开启了我国葡萄酿酒业的新纪元。

质量是品牌的生命。张弼士实行一丝不苟的严格管理，终于酿出色泽金黄透明、酒质甘醇幽香的美酒，很快在市场上崭露头角。1915年4月，张弼士率领代表团到美国考察，并参加在旧金山举行的"庆祝巴拿马运河开航太平洋万国博览会"。此次博览会共邀请四十一个国家，张裕葡萄酒在博览会上展出。经过长达近半年的展出与评审，8月结果揭晓：张裕可雅白兰地荣获国际金牌奖章，红玫瑰葡萄酒、琼瑶浆（味美思）和雷司令白葡萄酒也获得优质奖章。颁奖大会上，当主持人宣布"中国张裕酿酒公司的白兰地荣获本届赛会金奖"时，大厅里掌声雷动。年逾古稀的张弼士走上领奖台，接过红绸裹着的酒樽奖品，如同捧着新生的婴儿，喜极而泣，老泪纵横。他无比激动地说："我终于如愿以偿，酿出了世界上最好的美酒！"

1916年4月，张弼士重返南洋，冒暑奔波，因突发心绞痛，不幸逝世，享年七十六岁。今天，在张裕酒文化博物馆东侧，屹立着张弼士的青铜雕像，他面容清癯，神情刚毅，炯炯双目凝视着前方，好像在筹划着未来……张弼士创办的张裕公司带给烟台人民的不仅有美酒，还有浪漫、荣耀与福祉。

2. 黄金大王李宗岱

玲珑开采金矿

招远被称为"黄金之都"，黄金储量约占全国的 1/10。罗山蕴藏着招远 80% 的黄金储量，被誉为"中国第一金山"。清末民初，广东人李宗岱在招远创办金矿局，开采罗山东麓玲珑金矿田，成为全国赫赫有名的"黄金大王"。

李宗岱，号山农，祖籍广东省南海县（今广东省佛山市）。嘉庆年间，其祖父三弟兄同登进士，授翰林。李氏祠堂大门有对联一副："父子状元天下有，同胞三翰世间稀。"

同治八年（1869），李宗岱任山东布政使。同治十三年（1874）任山东督粮道。光绪三年（1877）任山东五府（济南、东昌、泰安、武定、临清）道台兼山东盐运史，官居四品。

自咸丰十一年（1861）烟台开埠后，胶东的矿产资源成为外国资本窥伺的目标，英、德等国人士借游历、考察等名目，深入胶东各地，到处调查矿产情况。外国资本疯狂的探矿采矿活动，大大刺激了中国人自己兴办近代工矿业的迫切感，国内掀起了对矿山的投资热潮。李宗岱辞去官职，专心经营矿务。

光绪十一年（1885），李宗岱多方筹集资金，共得白银四十五万两，开办平度县旧店金矿。李宗岱开采平度金矿数年，因条件恶劣，成本很高，资金很快亏空，投入的白银化为乌有。

李宗岱家资荡尽，仍不能清偿欠债。

在开采平度金矿时，李宗岱高价聘请美国壁赤、瓦遵、阿鲁士威等技师到玲珑勘探矿源。经调查发现，矿苗甚佳，条件优越。光绪十三年（1887），李宗岱放弃平度，集股开办玲珑山红石崖矿洞。当年，玲珑金矿获净金三百六十两。李宗岱大喜过望，随即将平度旧矿之设备人员调集玲珑，并招聘美国技师，购买美国机器，着力大办。

光绪十七年（1891），李宗岱成立招远金矿局。经李鸿章批准，李宗岱领得官款银二十五万两，林道琚、李赞芬集股三十万两。同时，在烟台、青岛、大连、天津、上海等港口设了五个办事处，作为销售黄金、购买机器材料之基地。第二年，玲珑山一条宽大矿线被发现，且含金量丰富，品位每吨达百克以上。当年，获净金两千五百两。其后几年，开凿了八口井，产量剧增。极盛时期，矿工达三千人，雇用把头一百二十多个，日产黄金一千五百余两。李宗岱成为名噪一时的"黄金大王"。

为加快黄金开采，李宗岱派李赞芬携巨资到美国购买洋机设备。李赞芬到达上海后，并未出国，而是自作主张，耗费巨资购置了大批铁碾等无用之物。事后，李宗岱捶胸顿足，气愤地说："用人不当，误我大事。且记！且记！"此后，由于采冶技术落后，亏累过巨，矿局生产陷入停顿。

光绪二十一年（1895），李宗岱曾准备再行集资，购买机器，继续开采招远等地金矿。当时适逢日军占据威海，山东巡抚李秉衡奏请清政府，将各处金矿封禁。

3. 染料大王张颜山

开仓赈济救百姓

张颜山（1862—1941），近代著名商人，出身贫寒。他在烟台以代理德国进口化学染料起家，依靠战争带来的机遇，一跃成为中国的"染料大王"。富甲一方后，张颜山心系乡民，开仓赈济，乐善好施，传为佳话。

同治元年（1862），张颜山出生在今烟台市牟平区养马岛上一个贫穷的家庭。十五岁那年，张颜山只身来到烟台商号"泰生东"杂货铺当学徒，糊口谋生。由于他用心好学，手脚勤快，办事麻利，受到东家的赏识。光绪三十三年（1907），张颜山接手杂货铺后，筹资兴建两幢楼房，正式开设了"泰生东"染料庄，代销德国产"狮马牌""长途牌"等十几个品牌。经过数年的艰苦打拼，张颜山成了德方在山东经销染料的总代理。宣统二年（1910），他先后在济南、青岛、上海、哈尔滨等地设立分号。张颜山一举垄断了全国的染料市场，赢得了"染料大王"的美誉。

张颜山秉性淳朴善良，乐善好施，颇得民众口碑。1917年春，张颜山在家乡邵家塂村西建旅店4栋16间，为过往的行人提供食宿；如果遇有贫苦者，非但吃饭、住宿分文不取，临走还有馈赠。1919年秋旱严重，村里人大多食不果腹，忍饥挨饿。张颜山听说后，立即命人开仓赈济。全村六百多人，每人先发救济粮30斤，又在村西扩建客店16间，每日早晚各施粥一次，救济过往灾民。

屡受张家施舍的村民，不忍无功相扰。体察到乡邻的心情后，张颜山以建造家宅为由，广招工匠，大兴土木，包吃包住包工钱，并特意叮嘱：工程求慢求细求好。其实他是想拖延时日，让大家挨过这段艰难时光。对他的善举，乡邻们心领神会，便以精工细活作为报答。张颜山旧居房屋 110 间，规模宏伟，做工精细，用料考究，代表了民国初期胶东民居建筑的最高水平。百年后的今天，旧居完好无损，光彩依然，2006 年被列为省级文物保护单位。

张颜山少时家境贫寒，未能接受良好教育，因此他对教育特别重视。1928 年，他在本村办义学一所，建校舍二十余间，广收本村孩子入学，并包下学生的学费、饭费、书籍费、校服和教师的工资及一切办公费用。1931 年，他又捐资在牟平城东关扩建校舍 154 间，解决牟平学子读书难问题。

抗日战争爆发后，由于染料货源断绝，"泰生东"的生意不景气。张颜山指令除最大限度地减少或免收租税外，每年春天都发一定的度荒粮。这期间，张颜山在烟台、青岛、济南、上海、牟平等地捐助及兴办慈善事业的款项，累计十几万元。晚年，张颜山举家搬到上海避难。1941 年 3 月，张颜山在上海去世，享年八十岁。

4. 张桐人与百忍里藏书楼

胶东第一座私人图书馆

民国时期，烟台的"商铺牌匾多出自张、迟之手"。"迟"

为迟鲁棠，"张"即张桐人，时至今日二人的书法作品仍颇受追捧。张桐人先生不仅书法了得，而且精于藏书，其私家的"百忍里藏书楼"享誉胶东。

张桐人（1881—1946），名荣恩，字桐荫、桐人，今烟台市芝罘区宫家岛村人。张桐人早年攻读课业，获宣统优贡。辛亥革命时期，他追求进步，与同盟会山东领导人徐镜心、丁佛言等名流时有往来，并深受其革命思想的影响，成为清政府中第一批剪掉辫子的汉人官吏。为此，他险遭杀身之祸。

1914年，他在烟台原义成街北端修建住宅一处，主楼三座，分前后两院，共六十二间；后又在东侧加盖工厂一座，计六十余间，命名为"百忍里"。张桐人亲书对联：桐千秋根深叶茂，张百忍心平气和。这副楹联表明他此后为人处世的态度，也是他后半生的座右铭。

张桐人酷爱读书、藏书。在他的苦心经营下，百忍里楼群前院建为藏书楼，上下两层共二十余间，各个房间全部是书柜、书架、书桌，摆满了整齐的书籍，足有四五万册，时称"百忍里藏书楼"。这是烟台当年第一座颇具规模的私人藏书楼。《老烟台街巷》一书中曾记载："建国前，巷内（指百忍里）设有张桐人藏书楼，内藏有珍贵古籍资料。"这些珍贵的古籍有：明刊本《初学记》，汲古阁的《十七史》《史记》《词苑英华》等，清武英殿版《十三经注疏》《全唐诗》和五色套印本《唐宋诗醇》《古文渊鉴》，江南局版《四书十一经》，清五局本《二十四史》等古籍善本等。藏书楼里所有书籍的标签、书目等，均用金黄色或雪青色虎皮宣，是张桐人亲自书写的；书籍的分类、放置也都是张桐人亲自动手。重要书籍与珍贵版本均钤有"福山张氏藏书印"或"家在山东古育黎"或"桐人珍赏"等印章。张桐人藏书之精之善，令人叹服。

1946 年，张桐人先生病故。在此后的数年里，百忍里藏书楼里的珍贵藏书与书画资料等，或变卖处理，或散落民间，或化为灰烬，今已难觅遗踪，令人惋惜。1965 年百忍里被拆除，坐落于此的当年胶东最大的私家藏书楼从此消失了。

作为一名实业家和商人，桐人先生不仅富甲一方，而且痴迷治学藏书与书法艺术，热心慈善和教育事业，堪称民国时期烟台儒商之翘楚。

5. 刘子山创办东莱银行
莱州穷小子的逆袭史

清朝末年，有一个莱州的穷小子只身来到青岛闯荡，历经二十多年摸爬滚打，到民国时期成为青岛首屈一指的大富豪。这个人叫刘子山。当时，他坐拥青岛市天津路等多条道路的房产，人送外号"刘半城"。

在 19 世纪 90 年代之前，青岛还只是一个名不见经传的小渔村，胶州湾被称作"胶澳"。光绪十七年（1891），清政府决定在青岛设防，第二年，调登州镇总兵章高元率部移驻青岛。就在此前后，只有十四岁的刘子山独自一人来到青岛闯荡。起初，刘子山靠沿街叫卖和给别人打杂讨生活，后来进入一处德国教堂当杂役。

光绪二十三年（1897），德国以"巨野教案"为借口，武力侵占胶州湾。第二年，德国逼迫清政府签订《胶澳租借条约》，青岛从此沦为德国殖民地。

刘子山年少时上学不多，但头脑灵活，他敏锐地观察到，随着在青岛的德国人越来越多，学好德语是一件十分重要的事情。光绪二十四年（1898），他报名进入了一所德语学校，开始学习德语。由于先前掌握一点德语基础，刘子山很快得到了德语老师的赏识。毕业时，刘子山被举荐给一家德国公司，从事翻译工作。

光绪二十五年（1899），张之洞调任湖广总督，主持湖北洋务运动。由于刘子山的翻译工作做得比较出色，经人举荐，到了张之洞麾下继续做翻译。在张之洞门下，刘子山开阔了眼界，积累了大量的人脉关系，为其日后的发展奠定了坚实的基础。

在张之洞身边做了几年翻译之后，刘子山带着聪颖的头脑和丰富的社会阅历回到青岛。1914年，日德战争爆发，刘子山重金买下德国人的红石崖砖窑厂，更名"福和永"，专门生产西洋建筑需要的红色长瓦。1915年，刘子山在青岛独资开办东莱贸易行，经营进口业务。同年，日本将德国的一家铁厂进行拍卖，刘子山出资买下这家铁工厂，命名为青岛永利号铁工厂。同时，刘子山获得美国别克汽车在华北的经销权，随即成立青岛永利号汽车行，正式成为别克汽车代理商。1916年前后，刘子山投资白银五十万两，主持修筑从潍县至烟台的公路。1922年该路建成后，刘子山创办烟潍汽车运输公司，经营客货运输。刘子山一连串的操作，把他身边的同乡、朋友惊得目瞪口呆。

经过多年的商界历练，刘子山逐渐积累了大量的资本。1918年，刘子山做了一个重要决定：在青岛开银行。1918年2月1日，"东莱银行"正式开业，这是青岛最早出现的民族资本商业银行。

1938年，东莱银行青岛分行被日军强占，银行业务基本停止。为了抗议日本强占青岛的行径，刘子山指示东莱银行各部："国难时期，宜闭关自守，紧缩业务。本人自愿不再提取股息，以维持同人生计。"1948年10月，刘子山因心脏病发作殁于上海。

刘子山白手起家，由一个烟台穷小子变身叱咤青岛的风云人物，不仅是老青岛的传奇，也是中国近现代商界的传奇。今天，"红瓦绿树、碧海蓝天"成为青岛这座滨海之城的独特气质。很多人或许并不知道，青岛的半城红瓦就是刘子山的"福和永"窑厂烧制的。

（四）革命先导

1. 胶东特委书记理琪

血染雷神庙

理琪，原名游建铎，河南省太康县人。因崇拜列宁，他

理琪画像

取列宁名字"费拉基米尔·伊里奇"最后两个字的谐音作为自己的名字，所以改为理琪。在胶东革命史和抗战史上，理琪同志功不可没。他是天福山起义主要领导人；他领导了雷神庙战斗，打响了胶东抗战的第一枪。在雷神庙战斗中，理琪不幸牺牲，把一腔热血洒在了胶东大地。

1936年4月，理琪来到胶东。同年秋，理琪根据中共中央北方局的指示，将中共胶东临时特委与烟台市委合并为胶东特区工委，理琪任书记。12月，由于叛徒的告密，胶东特区工委遭到破坏，理琪不幸被捕。

抗日战争全面爆发后，1937年11月，理琪被保释出狱。出狱后，理琪很快回到胶东。1937年12月24日，在中共胶东特委书记理琪的领导下，以昆嵛山红军游击队员为骨干，在文登县天福山举行了武装起义，成立了山东人民抗日救国军第三军，这标志着胶东第一支由中共领导的抗日武装的诞生。

1938年2月初，日军侵占烟台。随后，日军占领了牟平县城，拼凑了伪县政府。为打击日军的侵略凶焰，理琪决定亲自率"第三军"袭击牟平城。13日清晨，部队分三路发起进攻，很快打下了伪县政府，俘虏了伪县长、伪公安局长等七十余人。战斗结束后，理琪命令部队立即撤出牟平城。部队撤退后，理琪等负责同志带领二十多人，在牟平城南雷神庙稍事休息，并研究下一步的工作。就在同时，驻烟台的日军得知牟平县城受到袭击后，立即出动，乘汽车向牟平增援。危险一步步向理琪等人逼近。由于缺乏训练和作战经验，为理琪担任警戒的战士未能及时发出警报和有效地阻击敌人，导致日军很快就包围了雷神庙。

日军在庙门外架起机枪向里扫射，并向庙内发起攻击。理琪喊道："同志们，坚守庙门，沉着迎敌，准备突围！"下午2时许，理琪多处受伤，血流不止，但他忍着疼痛，坚持指挥战斗。他喊道："同志们，占住墙角，坚决抵抗！"就在此时，一颗子弹又打中了理琪的腹部，他倒在血泊之中。同志们化悲痛为力量，连续打退了敌人的多次进攻。

天黑时分，外围部队赶来支援。日军不知虚实，被迫撤退。同志们背起负伤的理琪，乘着雪夜，趁机突围。理琪同志因伤势过重，光荣牺牲，年仅三十岁。雷神庙战斗给了入侵烟台的日军以沉重的打击。"三军"抗击日军的英雄事迹，很快传遍了胶东各地。

2014年9月1日，理琪被列入民政部公布的第一批三百名著名抗日英烈和英雄群体名录。

2. 许端云

中共烟台市委第一任书记

在烟台市区二马路与虹口路交会处的南侧，有一处幽静的公园。从清晨到夜晚，在花园中间有一位年轻人的雕像，默默注视着这里。他充满朝气的面庞，透露着坚毅的神情，目光深邃而慈祥——他就是中共烟台市委第一任书记、青年革命家许端云。

许端云（1905—1931），乳山县招民庄村（今乳山市诸往镇招民庄）人。他的父亲望子成龙，很小就把他带到烟台读书，十九岁那年他考入烟台当时最好的学校——烟台益文商业专科学校。

许端云追求进步，如饥似渴地阅读《新青年》《现代评论》等进步书刊，革命信念逐渐形成。1927年冬，许端云加入中国共产党。从此，他把自己的一切交给了党，并誓死为党的崇高理想而奋斗。

1928年5月，中共烟台特别支部委员会（简称中共烟台特支）成立，许端云任宣传委员。他秘密刻印、散发党的宣传材料。不久，许端云创办了烟台市第一份由共产党自己办的报纸《胶东日报》，影响巨大。1929年春，许端云领导了反对军阀刘珍年强占民田的斗争，保护了人民的利益。他利用办平民夜校之机，教文化，讲政治，启发工人觉悟，发动工人成立"烟台工人运动委员会"，组织领导罢工罢课运动。

1930年春，白色恐怖笼罩着烟台。为了保存革命力量，党中央决定让外地党员全部撤出烟台，由本地党员坚持地下工作。1930年3月，根据中央决定，成立中共烟台市临时委员会，许端云担任临时市委书记。那一年，他二十五岁。

1931年2月9日晚上9点多，许端云开完会，冒雪赶回家，他要连夜刻印、转发一份重要文件。许端云不上吃饭，立刻开始工作。直到半夜，他刻完了蜡纸，才长舒一口气。突然，他发现屋外有几个黑影在活动。他预感危险将要发生，迅速将刚刚刻好的蜡纸点燃，又把其他文件藏了起来。这时，几个特务破门闯入，团团围住了许端云。3月4日，许端云等人被押送济南，监禁在山东省第一监狱。

敌人企图从许端云身上获得重要线索，将烟台的共产党员一网打尽。他们对许端云威逼利诱、严刑拷打，结果却无济于事。遍体鳞伤的许端云安慰探监的父亲说："儿子的时间不多了，请父母保重，不要过于伤心，我对得起组织，也对得起祖宗，我活得无愧，死而无怨，毫不后悔！"

在被关押的半年中，许端云经历酷刑无数，但始终坚贞不屈。1931年8月19日凌晨，许端云被国民党反动派杀害于济南纬八路侯家大院。为了党和人民的革命事业，为了坚定的共产主义信仰，许端云献出了年仅二十六岁的宝贵生命。

1991年8月，为了纪念这位青年革命家，芝罘区14619名中共党员集资修建了许端云大理石雕像，以表达对烈士的敬仰和缅怀。

3. 于得水

"鱼儿离不开水"

看过著名作家冯德英的长篇小说《苦菜花》《山菊花》的人大多都记得，小说中有两个重要的人物，分别是于得海团长、于震海队长。这两个人物在现实中的原型是同一个人，名叫于作海，后改名于得水。于得水在胶东是一个充满传奇的人物，他的英雄事迹至今还在胶东大地上广为传颂。

于得水

于得水是山东红军的创始人、昆嵛山游击队的主要领导者，在抗日战争时期曾做过许世友的副手。他身经百战，屡建奇功；他在战斗中七次负重伤，九死一生。他对黑暗旧社会充满愤恨，对人民群众怀有深深的情感，"对敌如猛虎，对民如父母"是他的真实写照。

1933 年春，于得水加入中国共产党。他拉起一支十几人的队伍，隐蔽在昆嵛山区进行武装游击活动。1935 年 11 月，中共胶东特委领导和发动了一次大规模的农民武装暴动，即"一一·四"暴动。这是抗日战争全面爆发前我党在山东境内发动的最后一次农民暴动。于得水被任命为东路一大队大队长。

"一一·四"暴动失败后，于得水率领突围的游击队员在昆嵛山区住石洞、吃野果，继续坚持斗争。在 1936 年的一次战斗中，于得水腰部中弹，他强忍着剧痛，让战友用剃头刀割开伤口，取出弹头。于得水率领的昆嵛山红军游击队是土地革命战争后期山东境内仅存的一支红军队伍，这支队伍后来成为天福山起义的骨干力量。

1937 年 12 月 24 日，中共胶东特委在文登组织发动抗日武装起义，又称"天福山起义"。于得水率领二十余名队员，带着三十多支长短枪，从昆嵛山出发，经过一夜急行军，到达天福山参加起义。起义后，成立山东人民抗日救国军第三军，于得水任第一大队大队长。回忆几年来为掩护自己而牺牲的革命群众，于得水感慨万分，他说："我这条命是群众给的，我能幸存下来，是群众保护了我！我这条'鱼'，什么时候也不能离开'水'，什么时候也不能忘了'水'！"自此以后，他改名"于得水"。

1938年9月，"第三军"改编为八路军山东人民抗日游击第五支队，于得水任六十三团团长。随后，部队开到黄县、招远边界，主要任务是保护兵工厂和玲珑金矿。1943年，于得水因伤势严重，不得不藏匿到老乡家里养伤。1945年8月，任东海军分区司令员兼烟台警备区司令员。10月，于得水指挥东海军分区部队收复崆峒岛。

1955年，于得水被授予大校军衔。1961年8月转业，到安徽省民政厅工作。虽然离开了山东老家，但于得水从来没有忘记胶东的父老乡亲。于得水的笔记本上有一份几十人的名单，其中有烈士的遗属、掩护过自己的群众、伤残在家的老战友、老房东和亲属等。逢年过节，他都让爱人按名单寄钱寄物。他常说："我这条'鱼'，什么时候也不能离开'水'啊！"

4. 郑耀南

建立胶东第一个抗日民主政权

在掖县（今莱州市）早期革命斗争史上，郑耀南是最有影响的领导人之一。他不仅是掖县党组织的奠基人，而且创造了多个第一。郑耀南的一生虽然短暂，只有三十八个春秋，但却充满了传奇与辉煌。

郑耀南

郑耀南出生于掖县一个贫农家庭。1925年秋，郑耀南十七岁，考入省第九中学。他对学校推行读经、会考十分不满，组织学生罢课。掖县县长出面阻止，郑耀南带领学生冲进县府，痛打县长。

1928年6月，郑耀南加入中国共产党，从此走上革命道路。1929年，郑耀南建立起掖县第一个农民协会小组。随后，他创办并编辑掖县最早的党刊《红星》。1930年秋，二十二岁的郑耀南当选中共掖县县委第一任书记。1938年，他建立掖县抗日民主政府，并建立山东第一个抗日根据地。

由于遭受国民党的通缉，郑耀南在1933年至1937年间被迫离开掖县，先后辗转多个省份、十几个城市，漂泊不定，颠沛流离，历尽磨难，但他初心不改，坚持开展革命斗争，成为一个意志坚定的共产党人。

抗日战争全面爆发后，郑耀南返回掖县。1937年12月，韩复榘的军队撤走，国民党掖县县长仓皇出逃，国民党掖县政权垮台。郑耀南审时度势，建立掖县民众抗敌动员委员会（简称"民动"），组织抗日武装，担负起领导全县人民进行抗日的任务。到1938年2月，掖县抗日武装力量发展到六七百人。

1938年2月1日，日寇侵占了掖县城，成立了以汉奸刘子容为县长的伪政权。刘子容一上台就下令取缔抗日组织，使抗日形势顿时严峻起来。中共掖县县委决定举行武装起义，消灭伪政权，建立抗日民主政权。

3月初,武装起义指挥部成立,由郑耀南任指挥。3月8日夜,"民动"四五百名战士在掖县城北玉皇庙山顶集合待命,郑耀南健步走上玉皇庙台阶,向"民动"战士下达了攻打掖县、活捉汉奸刘子容的命令。起义战士奋勇向前,把掖县县城团团包围起来。平日里趾高气扬的刘子容看到这种情景,吓得魂飞魄散,瘫倒在城门楼里。其手下见大势已去,慌忙下令开城。郑耀南率领起义部队占领了县政府和公安局,活捉了刘子容。

起义成功后,郑耀南建立起掖县政府,这是山东第一个县级抗日民主政权。同时,郑耀南以起义武装为骨干,创立了胶东抗日游击第三支队,他任支队长。在短短的两三个月时间里,三支队发展到三千七百多人,成为抗战初期胶东地区我党领导的最大的一支抗日武装。1938年8月15日,中共胶东特委在掖县、蓬莱、黄县三县抗日民主政权基础上,建立了胶东北海区行政督察专员公署,这标志着胶东第一个抗日根据地——蓬黄掖抗日根据地基本形成。

1939年3月,郑耀南奉命赴中央报告工作。1946年2月,郑耀南病逝于延安,葬于延安烈士陵园王若飞墓旁。1996年,在郑耀南同志逝世五十周年之际,时任中央军委副主席的迟浩田上将为其题词:"峥嵘岁月渤海湾,忠魂千秋留延安。"

5. 许世友

打红胶东半边天

抗日战争时期,栖霞牙山是胶东重要的抗日根据地之一。

许世友

1941年3月，八路军在许世友的指挥下，进行了历时五个月的反投降战役，粉碎了国民党的进攻。毛泽东曾高兴地称赞道："许世友打红了胶东半边天。"

1941年1月皖南事变发生后，山东的国民党投降派发动了所谓"三月攻势"，疯狂进攻共产党领导的抗日根据地。国民党蔡晋康部控制了牙山山区，将胶东的抗日根据地分割为东西两块。3月11日，国民党陆军暂编第十二师师长赵保原在牟海县（今乳山市）召开反共军事会议，组成共1.2万人的"抗八（路军）联军"。14日，"抗八联军"分三路对东海地区的八路军部队发起大规模进攻。

中共山东分局、八路军山东纵队发出指示，要求组织自卫反击，保卫胶东抗日根据地。毛泽东亲自点名，调山东纵队第三旅旅长许世友率清河独立团进入胶东，成立了以许世友为指挥、林浩为政委的胶东反投降指挥部。面对敌众我寡、顽军气焰嚣张的局面，许世友深知责任重大，绝不能辜负党组织的信任，他鼓舞指战员说："太平我不来，我来不太平！我来胶东就是要打仗的。"

许世友心里很清楚，为了激发胶东抗日军民的士气，首战必胜。他一改过去猛打猛冲的战法，决定先歼灭敌人较为薄弱的一路，挫一挫顽军的锐气。3月15日夜，许世友所部兵分三路，翻山越岭，于16日清晨同时出现在牙山山麓蔡晋康部驻地。

与此同时，胶东东部的八路军从昆嵛山出发，向西猛进。

经过一天多的激战，许世友指挥部队将侵入牙山、据守桃村的蔡晋康部大部歼灭。18日下午，负伤的蔡晋康带领残部百余人向南逃窜，战斗告一段落。牙山战斗是反投降战役的首战，也是很关键的一战。牙山战斗取得胜利后，许世友乘势对顽军发起追击。各路顽军纷纷窜入城内，据城顽抗。许世友采取集中兵力，各个击破的战法，接连攻克了顽军占据的郭城等多处据点。

胶东反顽战役自3月开始至8月底结束，许世友指挥胶东八路军各部，以不到一万人的兵力，消灭顽军一万五千余人，使胶东抗日根据地基本连成一片，扭转了胶东抗日的被动局面。很快，许世友在胶东大地声名远播。远在延安的毛主席接到战报后，连连称赞："许世友打红了胶东半边天，好样的！"

6. 于谷莺

挫败美军占据烟台的阴谋

抗战时期，他是一位杰出的将领，也是一位杰出的外交家。抗战胜利后，他多次与美军谈判，最终挫败了美军占据烟台的阴谋。这个人就是胶东区海外工作部部长、党委统战部部长于谷莺。

1945年8月15日，日本宣布无条件投降。8月17日，八路军胶东部队向拒不投降的日军发起全面总攻。24日晚，被日军占领近八年的烟台解放，重新回到人民的怀抱。烟台是我党最早解放的沿海城市之一。

抗战胜利后，国民党在美国支持下，到处抢夺抗战胜利果实。美军不仅出动飞机空运国民党部队，抢占重要城市，而且还亲自出马，试图帮国民党抢占沿海战略要地。

9月，胶东的部队遵照中共中央指示，迅速集结兵力，准备通过渤海海峡奔赴东北。当时，胶东区海外工作部部长、党委统战部部长于谷莺，正忙于向东北运兵工作，忽然接到通知，要求他留在烟台。胶东区委考虑到日后烟台的外交斗争形势会十分复杂，决定让外交斗争经验丰富的于谷莺担任烟台市市长兼胶东行署外事特派员。9月27日，于谷莺来到烟台，他分析当时的形势，确立了"不排外，不媚外，不主动开枪，但也不丧失民族立场"的外交斗争方针。后来的历史证明，党中央、胶东区委的这一决定可谓高瞻远瞩。

1945年10月1日清晨，美国太平洋舰队五艘军舰，在赛特尔少将率领下，突然驶入烟台海面，停泊在崆峒岛附近。上午，美国海军少校舍尔托夫带随从乘汽艇来到码头，于谷莺在海关接见了他。随后，为了摸清美舰来烟的真实企图，于谷莺以"回访"为名，带着翻译登上了美军军舰，与赛特尔会谈。在会谈中，于谷莺明确表示，八路军已经解放了烟台，无须美军插手。

10月3日夜，美国太平洋舰队两栖特遣队十三艘军舰在司令巴尔贝中将和罗克少将的率领下，在烟台海面集结。10月4日晨，美军送来一份"通牒"，要求中共领导的军队撤离烟台。下午，巴尔贝、赛特尔、罗克等人来到烟台，阴谋进行威胁与讹诈。中共胶东区党委以于谷莺、仲曦东、于得水等人为代表，与美军继续谈判。

面对美军蛮横无理的要求，于谷莺当即提出强烈抗议，并指出，烟台已经解放，美军要在烟台登陆以及搞什么共同驻防都是毫无理由的，中共领导的军队决不撤出烟台一步，也决不允许美军在烟台登陆。

为应付突发事件的发生，烟台党政军民各界组成了"统一行动委员会"，统一指挥，统一行动，坚决抵制美军在烟台登陆。美军的狂妄行径激起烟台人民的极大愤慨。10月6日下午，烟台各界四万群众举行反对美军登陆大会，会后广大群众举行了声势浩大的示威游行，愤怒的人群涌向海岸边，对着美舰高呼口号，以表抗议。同日，十八集团军参谋长叶剑英发表了关于拒绝美军在烟台登陆的郑重声明。10月7日早晨，于谷莺派人将这份声明译成英文，送到美舰。

10月7日上午，大部分美舰陆续离开烟台。赛特尔所率的几艘军舰，在烟台附近海面待了一个多月后才离去。美军占据烟台的阴谋彻底失败，烟台军民的斗争最终取得了胜利。美国作家史沫特莱在其著作《伟大的道路》一书中提到这件事时曾评论道："美国人在烟台低下了头。"

三

文化遗址

烟台依山靠海，气候温润，陆海资源极为丰富，自古就是人类生存的理想之地。万千年以来，人类在这片土地上繁衍生息，创造了灿烂的文化，同时留下斑斓多彩的文化遗址。目前，烟台市有全国重点文物保护单位22处，省级文物保护单位113处，市级文物保护单位160处。在这些遗址中，有反映人类早期生活状况的古文化遗存，有反映烟台早期文明的古国古城遗址，有反映烟台山海风情、神话传说的人文景观，有见证烟台人民维护国家民族利益、英勇保卫海疆的海防遗存，有反映道教和佛教在烟台发展、繁荣历史的石窟石刻等等。这些遗址中，有的展示着烟台历史的久远和文化的绚烂多彩，有的展现着烟台商贸的繁忙与繁华，有的展现着烟台开埠的风云。这些遗址是烟台历史文化的重要载体，是烟台历史文化名城的有力佐证。它们向人们诉说着烟台的传说与故事，展示着烟台的独特与魅力。

（一）考古发现

1. 白石村遗址

"贝丘人"的生活家园

1972 年的一天，芝罘区白石村的村民在距海边 1.5 公里的黄金顶北麓坡地上劳作。忽然间，一位村民发现整齐堆积的蛤蜊堆，贝壳经风化已经变成白色，其中还夹杂着残陶片。村民意识到，这可能不是普通"垃圾堆"，于是立刻上报文物部门。

考古部门先后对这里进行多次考古发掘，后经专家确认，这是距今六七千年的贝丘遗址，堆积厚 0.5—2 米，可划分为白石村一期、二期文化。一期文化较罕见，出土石器、骨器、蚌器、陶器等。石器琢制，仅刃部磨光，有斧、铲、锛、球、砺石等；骨器磨制，有针、锥、镞、笄等；陶器手制，素面为主，有钵形鼎、筒形罐、小口罐、盆、钵、支座等。二期文化中的陶器纹饰丰富，有堆纹、乳丁纹、刻划纹、弦纹和彩陶等。此外，还出土较多兽骨、鱼骨和贝壳装饰品。柱洞、墓葬、灰坑、石器、骨器、蚌器、陶器等遗迹遗物涵盖了史前人类的"衣食住行"，根据此发现可描绘出六七千年前白石村"贝丘人"的日常生活。

清晨，在背山面海的开阔地带，一缕阳光唤醒静谧的村落，

白石村遗址出土的陶筒形罐

海风轻抚，浪花卷起，流水潺潺，鸟儿啾鸣……男人带上藤蔓编织的网、石头磨制的网坠，乘独木舟或简易木筏驶向大海较深处，捕捞黑鲷、真鲷、虾类等鲜物；女人带领孩子在沙滩上拾贝，或握石铲走向林间挖根茎食物，采摘野果，林下有鹿、狐、猪等野生动物一闪而过；经验丰富的长者在河边挑拣可用的石头打磨成斧、锛、铲、球等石器，或磨制针、锥、镞、笄等骨器。

夕阳西下，金红色晚霞映照在"贝丘人"头上贝壳束发器上，闪闪发亮。男女老少聚在一起，用三个支座支起陶钵陶鼎，用保留下来的自然山火火种煮着大海里捕捞的鱼虾贝类，架篝火炙烤飞禽走兽，用刻画精美的陶罐装满各色野果、野菜。清风徐来，歌声、涛声、树叶沙沙声、河水奔流声以及孩童欢笑声，融汇成一曲交响乐，滋润着"贝丘人"的生活。

饱餐后，白石村"贝丘人"回到半地穴的海草房中酣睡。他们将房子支撑用的柱子深扎进地下1—2米，稳固的房架可抵挡野兽夜袭，厚实的海草挡风避雨，屋内地面用火烧过，防虫防潮。这就是白石村"贝丘人"生活的家园。

斗转星移，沧海桑田。贝丘聚落人口数量激增，山海资源攫取殆尽，"贝丘人"渐渐迁徙至内陆，或东渡至远离大陆的庙岛群岛，或横渡渤海到辽东半岛重建家园。

2006 年，白石村遗址被国务院公布为第六批全国重点文物保护单位，并建起遗址公园；烟台市博物馆专门开辟出"贝丘人的家园"栏目，展示部分出土遗物。白石村遗址是山东半岛发现最早的新石器文化遗址，同时白石文化对我们了解和探讨沿海史前人类农、猎、渔混合经济形态的起源与发展具有重要研究价值。

2. 北庄遗址

史前聚落"东半坡"

1978 年春，长岛县大黑山岛北庄村劳改场工作人员经过南河溪北坡时，发现一处灰土堆积与周围土色有明显不同。强烈的好奇心驱使他从中抠出十几块残陶片，表面斑驳的痕迹提醒他，这可能是古物，他立刻向主管部门报告了这一情况。距今约六千五百年的北庄遗址由此揭开了神秘的面纱。

经数次考古发掘，北庄遗址共发现 104 座古房基址，规模之大，数量之多，震惊海内外。北庄遗址的房子均为半地穴式海草房，房子面积达 4—20 平方米。大面积房子的四壁内侧常修筑高出地面约 30—50 厘米的土台，台面涂泥抹平，用来放置日常生活生产工具如石器、陶器、骨器等。房子中间均有一个较大中心柱，个别大房子有两个柱洞。四周对称排列着若干辅柱，辅柱之外另筑有土墙。中心柱一般高于辅柱，屋顶面敷海草。屋内的居住面夯实抹平，再用火烤至半陶化。屋内一般有多个火塘（灶）、储火坑、窖穴和加工粮食用的浅坑等，以中心柱为主心点，呈伞状分布在中心柱与辅柱之间。

房屋的布局颇有规律，一般可分为若干组，每组中以一座大房子为中心，周围则环绕着几个小房子；组与组之间又被一系列灰坑和窖穴群间隔开来。这种村落布局在一定程度上反映出当时北庄人的社会关系、社会组织结构和社会生活面貌。

北庄遗址出土的筒形罐，其器形和纹饰与辽东半岛出土的筒形罐相似，遗址出土的觚形杯与胶东半岛以西的大汶口文化时期觚形杯形态几乎一致。这些器物证明，北庄先民与外界存在交流与融合。遗址出土的炊具陶鬶，造型生动活泼、形似昂首挺胸的禽鸟。

据专家推测，在远古时期，长山列岛可能是沟通山东半岛和辽东半岛的一条大陆桥，而渤海只是一个内陆湖，当时生活在胶东半岛的人群，可以步行来到大黑山岛。后来，这里历经地壳活动，成为一座岛屿。

北庄史前遗址博物馆

北庄遗址作为一处海岛上的原始社会村落遗址,规模之大、保存之完整、遗存之丰富,在我国实属罕见。它反映的是中国原始社会母系氏族公社从繁荣走向解体的历史过程,为研究中国古代社会的发展提供了不可多得的实物资料。

3. 午台遗址

"绝艺" 蛋壳黑陶

1982 年,烟台进行文物普查时,在莱山区午台村东南一块三角形平原顶端发现面积约九万平方米的遗址。2011 年,经过考古发掘,出土三件龙山文化时期珍贵的蛋壳黑陶。

2022 年 11 月,"烟台市考古成果展"中展出两件胎体较薄的高柄杯,一件高柄杯(M4:4)完整,高约 17.5 厘米,胎厚约 0.3 厘米。另一件镂空蛋壳黑陶高柄杯,仅剩余鼓腹和底托,最薄处以毫米计。"薄如纸、硬如瓷、声如磬、亮如漆"是对龙山文化时期蛋壳黑陶的写照。

距今四千多年前的工匠们能制造毫米厚度的蛋壳黑陶,着实令人惊叹!陶瓷器的制作工艺流程涉及取料、制料、揉泥、拉坯、修坯和烧制等,各流程间环环相扣,任何一个环节出错都可能会影响最后成器的品质。

午台遗址出土的蛋壳黑陶杯

"绝艺"蛋壳黑陶是远古时期中国数千年陶器制作技术和工艺发展、积累、沉淀的结晶，在选土——制坯——烧陶——打磨等一系列工序中，都需要高超的技艺。

第一步，选土与炼泥。蛋壳陶的原料来自古河床、沟渠和原野，需经过多次淘洗、去杂、沉淀等工序，获得纯净陶土。然后对陶土进行"捣炼""静置""分解""再捣炼"等加工程序。"捣炼"发挥泥土黏性，"静置"让陶土中的水分分布均匀，"分解"是腐烂有机物，"再捣炼"是排除陶土中的气体以利于塑型。

第二步，制坯，也就是用快轮将陶土拉坯成型。因蛋壳陶壁较薄，一般分段制作，然后粘接成器。薄的关键在于快轮拉坯过程中需同时具备快速、均匀、稳定三个要素。胎体阴干后，需要对胎体继续刮磨，然后再镂刻纹饰。

第三步，烧陶。先对窑炉进行预热，避免薄胎因冷热不均而破碎。待陶器在窑炉中烧至合适温度后，进行"渗碳"工序，即让烟雾封闭在窑炉中，在缺氧环境下，烟雾中的碳颗粒会逐渐渗入陶胎中以形成黑色，黑的关键在于"渗碳"时对温度、时长的精准把控。

第四步，对黑陶表面磨光，让其发亮。

蛋壳陶制作工艺复杂，成品率低，生产周期长，由这些特点来看，它很可能并非日常用具，更可能是作为礼器，用于祭祀、丧葬、征战、宴飨等重要活动。

午台遗址文化堆积丰富，包含大汶口文化时期、龙山文化时期和春秋时期等，其中龙山文化时期堆积最厚。黑陶高柄杯为龙山文化的一种代表性礼器，常见于高等级大型墓葬中。2006年12月，午台遗址被公布为山东省第三批省级文物保护单位。

4. 照格庄遗址

岳石文化命名的确立

1972年春，烟台市牟平照格庄村民开渠时发现一处遗址。经过对遗址的两次发掘，并对出土物进行碳14测定年代，最后确定此遗址距今三千多年。

70年代末，有学者在研究典型龙山文化来源、发展和社会性质时指出，东岳石类型的陶器造型和制陶风格独特，可能是独立于龙山文化之外的另一种考古学文化。80年代初，牟平照格庄发现纯粹而丰富的岳石文化遗存后，胶东地区岳石文化被命名为照格庄类型，在我国史前文化分类上有重要意义。这一类型主要分布在胶东半岛及其沿海岛屿。

照格庄遗址出土石器多为磨制，半月形双孔石刀、扁平石铲较多；骨器多为磨制，有铲、锥、鱼钩、针等；陶器中有夹砂褐陶，手制纹饰以附加堆纹为主；泥制灰陶多，黑陶少，多为轮制，器表磨光，盛行凸棱和子母口。陶器器壁较厚，体型大，器形有甗、罐、盆、尊、豆、器盖等。此外，在遗址中还出土了一段青铜锥和卜骨，卜骨钻孔排列较整齐。

照格庄遗址出土的几件器物，惊艳世人。骨针针鼻的精巧程度不亚于现在的钢针，反映出当时制骨业和缝纫技术的高超；

铜锥，长 6.2 厘米，直径 0.5 厘米，这反映出东夷人或许已经掌握了冶铜技术；双孔蚌刀与双孔半月形石刀外形相似，蚌的颜色艳丽，不仅可作为生产工具，也可以当装饰品，反映出照格庄人的艺术创造力；占卜用的兽骨打孔整齐，数量多，反映出当时的祭祀活动十分盛行。

岳石文化的农业水平有明显进步，出土物中农具的数量占比提升，这反映农业经济在当时占据主导地位，而猪、狗、鹿等动物兽骨反映出当时可能存在饲养业。由此判断，随着社会快速发展，生存环境的改善，照格庄先民在渔猎经济基础上，发展了农业、饲养业，以适应人口增长对物质需求的不断增加。

在对照格庄遗址北部边缘勘探发掘时，取得一系列重大成果，一是首次在照格庄遗址上发现岳石文化与周代文化的叠压关系，从而将牟平周文化区域由城区扩大到照格庄遗址一带，为"千年古城"牟平增添一个重要证据；再就是首次在照格庄遗址发现完整的岳石文化窑址和壕沟。

照格庄遗址整体保存完好，文化内涵丰富，特征鲜明。1979 年，专家据此将岳石文化从典型龙山文化中分离出来，使之成为独立的考古学文化。2013 年 5 月，照格庄遗址被国务院公布为第七批全国重点文物保护单位。

5. 归城城址

莱国故都

归城城址位于龙口市黄城东南 6 公里处，背靠莱山，面朝鸦鹊河，屹立的城墙遗址和出土的大批文物见证了当年莱国的鼎盛与辉煌。

归城城址包括外城与内城。外城沿五陵山围筑，形似不规则椭圆形，今城墙已毁，残存的墙基隐于草木间，面积约8平方公里。

归城内城在遗址中部，位于鸦鹊河两条支流间的一处高约5米的台地上。内城平面呈曲尺形，在西北侧内凹，总面积约22.5万平方米。内城城墙大部分已毁，地面上残存南城墙西端、北城墙西端和东城墙中部三段。其中，南城墙西端城墙原貌保存较好，东西残长约50米，残宽约13米，残高约8米，巍然屹立，成为归城遗址的标志，南城墙东端在和平村北断崖处。内城北侧城墙与东南侧城墙分别为和平村和归城姜家村所占压，在两村之间有一条南北向的公路穿行而过。

城墙的修建采取的是分段版筑的方式，并有后期修补和再筑的迹象。城墙夯土层平均厚度在10厘米左右。在南墙、北墙以及西墙北段外侧发现有环壕，环壕与城墙走向一致。环壕最深约4.8米。

归城城址历经岁月打磨，而今其貌不扬的夯土焕发出文明之光。归城城址文化内涵丰富，出土文物达400余件，其中带铭文青铜器一级文物12件。青铜重器的面世，无声述说着莱国的繁盛。西周时期的启尊、启卣上面的铭文中曾记载了莱国国君启率军随周昭王南征的历史事件，这反映当时莱国具有一定的军事实力。

莱国的历史可上溯至商代。公元前567年，齐国攻打莱国，莱国战败，并入齐国，历经五百余年的莱国就此覆灭。故国逝去，都城的繁华历经秦汉，延至盛唐。唐太宗东征高丽，在此安营扎寨；得胜归来，又在此驻军修整，这正是"归城"之名的由来。

莱国地处东夷地区腹地，是我国古代文明的发祥地之一；莱文化继承了东夷文化的精髓，在浩瀚的历史长河中，同多元文化交流、互鉴，成为中华文明的重要组成部分。归城城址是胶东地区规模最大、内涵最丰富的一处古遗址。2006 年，归城城址被公布为全国重点文物保护单位。

6. 嘴子前墓群

七鼎九钟贵族墓

海阳嘴子前村是一处典型的丘陵山乡，远离城邑中心。1977 年秋，村民平整土地时，发现一座木椁墓（编号为 M1），清理出春秋时期铜器二十余件。后陆续发掘 M2、M4、M6，又出土大量陶、木、铜、玉等各类文物。仅 M4 就出土"七鼎九钟"等二百六十多件文物。

海阳嘴子前墓群鼎

嘴子前墓葬高规格随葬品引发人们对墓主人的猜想。西周时期周礼规定，天子九鼎，诸侯七鼎。M4 中，除一件盖鼎外，其余六件形制一致，大小依次递变，颇具列鼎风格，如按七鼎视之，其墓主人应是诸侯级别。同时，该墓还出土一套编钟，共九件，七个甬钟、两个纽钟，钟架出土时黑漆朱绘，陪葬在椁外二层台上。通过考古断代，M4属春秋晚期早段，此时山东大部分地区属齐国疆域。姜齐后期的国王大都葬在齐都临淄，哪位诸侯会选择偏安一隅？

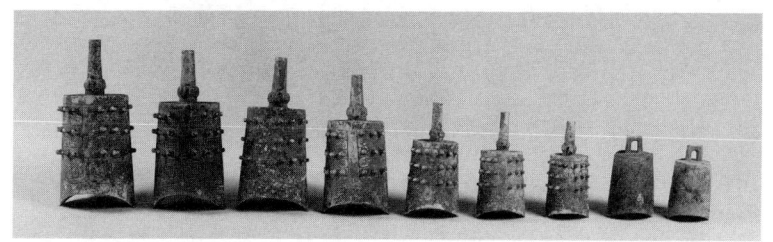

海阳嘴子前墓群编钟

随葬器物中一件甗上的铭文提供了答案，铭文大意是，姓陈的大夫做了这件器物，世代相传使用。铭文中陈字右边的"攴"旁，是典型陈国文字的写法；青铜大盂口沿上的铭文为"圣所献妫下寝盂"，意为圣进献给妫氏的下寝之盂。史书载："妫陈姓也。"西周初，封舜的后人胡公满在陈国当诸侯，陈国在河南妫水流域，当时习俗以地为姓，地姓"妫"、国姓"陈"。由上述铭文推断，墓主既姓陈，又姓妫。同时可以基本确定，以上出土文物为陈国宫廷故器。

陈国的宝物为什么会出现在齐国高规格墓葬中呢？据史料记载，陈国历经两次宫廷变乱。公元前696年，陈国诸侯陈历公生子完，封为太子，后来陈历公的侄子陈庄公杀叔篡位，废太子完，立自己的儿子御寇为太子。庄公去世后，其弟宣公继

141

位。宣公二十一年，宣公杀太子御寇，封宠妃生的儿子为太子。完惧怕宣公的残暴，在公元前 672 年逃奔齐国，改姓田，后来在齐担任工正（相当于工业部部长）。田氏一族在齐国拼搏创业，到第五代田乞时，成为齐景公大夫。

嘴子前古墓群的时代是春秋晚期，与田乞、田常父子的时代相符，墓葬所在地属于田家的封邑范围，而且墓葬主人姓陈、妫，专家们据此推断，M4 号墓可能是田乞的墓葬。

"田齐代姜"是春秋与战国历史分期的标志。公元前 391 年，田盘的儿子田和将姜家最后一位国王齐康公废贬到海上，自己做国王，田家终得齐国天下。

嘴子前墓群是春秋晚期齐国田氏在夺取齐国政权之际，于东方封邑建立的一处墓地。这是胶东地区迄今发现的级别高、规模大、葬制完整的春秋贵族墓葬。2006 年，嘴子前墓群被公布为全国重点文物保护单位。

7. 村里集古城

战国时期的城堡

1960 年春，蓬莱县村里集村民平整土地，陆续发现古墓葬及多件青铜器。随后，文物部门多次对柳格庄和辛旺集墓群近二十座墓葬进行清理，确定其年代从西周一直延伸到战国时期。

村里集墓群位于蓬莱市村里集镇南部地区，由柳格庄墓区、辛旺集墓区和站马张家墓区组成。村里集墓群的年代自西周晚期开始，延续到战国，以春秋早、中期数量最多，其中有殉人坑八座，车马坑一座，出土文物数百件，重要的文物有铜鼎、铜编钟、铜甗、铜鬲、玉器等。

柳格庄墓群的八座墓葬中，西周晚期和战国早期各一座，西周墓中出土罐、豆四件陶器，战国墓仅见有殉狗的腰坑和戈、剑、镞及车马器等铜器。六座春秋早、中期墓葬，皆为土坑竖穴。大型墓有重椁单棺，椁顶有一具殉马。四壁有熟土二层台，西、南两台殉葬人，北台放编钟、木琴和鼓等乐器。大多数随葬器物置于北、东两侧的棺椁之间。在该墓西北部还有一个车马陪葬坑。小型墓无二层台和腰坑，随葬品少且简单，多陶器。

辛旺集墓群的八座墓葬，其墓葬的形制及随葬品所反映的文化特征基本与柳格庄墓群一致。站马张家墓群为一座战国早期墓葬，随葬器是木、漆器。该墓为土坑竖穴，一棺一椁，墓底中部有一腰坑。棺内随葬的均为玉石类饰件，饰件向人体的一面皆有朱彩。椁内随葬品有铜器、玉器和木器，椁室东部主要放置钟、鼓等乐器，北侧放置铜车马器，南侧则全部为木器。

此外，在村里集村南部西侧发现古城遗址。古城位于黄水河西岸的二级台地上。城址平面呈方形，面积约30万平方米。现存北城墙西部夯土，早年村民为通行方便开辟约2米缺口，将夯土分为两段，总长约140米，高4米。断面呈正梯形，可见夯土层。城内出土少量西周至春秋时期的陶片、豆把、鬲足等。

根据村里集城墙形制布局及周边墓葬出土文物分析，此地应为战国时期建造的小城邑，是当时这一地区的政治、经济、文化中心。2013年3月，村里集城址及墓群被公布为第七批全国重点文物保护单位。

（二）人文景观

1. 芝罘岛阳主庙

胶东早期的"八神"崇拜

1975 年，芝罘岛驻军某部在营房施工时挖出八件青玉礼器，分别是两个谷纹玉璧、两个素面玉圭和四个素面玉觿。这些八件玉器出土于阳主庙正殿门前，分两组，其中的一个玉璧、一个玉圭和两个玉觿为一组；两组间距一米左右，平行摆放，玉器上面洒满厚厚的朱砂保护层。据考证，这套玉礼器是阳主庙祭祀所用玉器物。

《史记·秦始皇本纪》《史记·封禅书》中均记载：始皇东巡，礼祠齐地八神。八神指天主、地主、兵主、阴主、阳主、月主、日主、四时主等八位神主。天主祠在临淄，齐国都城所在；地主祠在泰山，属鲁国旧地；兵主祠在今东平市，祭祀蚩尤；蚩尤在与中原黄帝族争天下时牺牲，为东夷民族的英雄；四时主祠在今青岛市，具

芝罘岛阳主庙遗址

体地点在琅琊台，这里原是莒国旧地；日主祠在荣成市成山头，古人认为这里是最早见日出的地方；月主祠在龙口市莱山，此山在《汉书·郊祀志》中被列为中国五大名山之一，地位非比寻常；阳主祠在之罘，即今烟台市区北端芝罘岛；阴主祠在莱州湾三山岛，岛的西峰前坡曾出土一些汉代建筑瓦件，可能是祭祀建筑的遗留。从齐地八神所在地点看，除兵主蚩尤是九黎族部落首领外，其余皆为名山大川，琅琊台、芝罘岛、成山头等地则是山海兼备。

当年秦始皇在统一天下之初东巡，其目的不仅是寻求长生不老之药，还想通过礼祠东方之神，以求统治长久。西汉时期，汉武帝曾于太始三年（前94）到胶东祭祀齐地八神。大约到汉成帝时，由于国家经济日渐残破，朝廷才开始削减祭祀用度，统治者对日、月、阴、阳之神的祭祀渐渐不再兴盛。

除阳主庙出土玉圭、玉璧之外，莱州庙周家夯土台遗址也出土了大量的遗物。庙周家夯土台高六米，土台发现大板瓦、小筒瓦、布满花纹的平板砖、踏步砖、圆瓦当、半瓦当，纹样装饰都是秦汉时期流行的花叶纹、卷云纹。据考证，庙周家夯土台遗址是秦始皇礼祀月主莱山时的驻跸行宫。

据史料记载，阳主庙最早建于战国时期，是齐国国君奉祀"八神庙"的庙宇之一。《重修阳主庙碑记》称：阳主系掌管人间水旱瘟疫之神，"能兴云致雨，捍灾御患，盖灵爽正直之神也"。正是因为芝罘岛有阳主庙，所以后来才有了秦始皇和汉武帝两位君主登岛祭庙的壮举。

千百年来，阳主庙曾多次重建。上世纪70年代，阳主庙被拆除，庙中珍贵的元代壁画被损毁。元代阳主石造像先被弃之荒野，后被寻回。这件元代石神像历史悠久，且为庙宇神像中少有的石造像，具有较高的历史价值。1988 年，烟台市博物馆发现清代铸造的阳主庙铸铁古钟，钟上铸有"风调雨顺，国泰民安"八个大字和八卦图形。改革开放后，阳主庙参照历史原貌重建，现有四进院落，殿房 136 间。

2. 蓬莱阁

由海上仙山到人间仙境

烟台最有"仙气"的地方当属蓬莱阁，蓬莱阁古建筑群坐落于蓬莱城北丹崖山巅，由蓬莱阁、龙王宫、天后宫、三清殿、吕祖殿、苏公祠、弥陀寺等建筑单体及其附属建筑组成。

蓬莱阁建于北宋嘉　六年（1061），为重檐歇山顶双层木结构建筑。阁楼高 15 米，坐北面南，四面回廊，明柱 16 根。游人可登阁远眺，畅忧抒怀。这里还是观赏"海市蜃楼"奇异景观的最佳场所。阁中高悬一块金字匾额，上有清代书法家铁保手书的"蓬莱阁"三个苍劲大字。东西两壁挂有历代名人学者的题诗。

位于蓬莱阁下的仙人桥，造型奇特，传说为"八仙"过海的地方。相传吕洞宾、铁拐李、张果老、汉钟离、曹国舅、何仙姑、蓝采和、韩湘子等八位神仙，在蓬莱阁醉酒后，凭借各自的宝器，凌波踏浪、漂洋渡海而去，从而留下了"八仙过海、各显其能"的美丽传说。

"三仙山"指的是神话传说中的"蓬莱、方丈、瀛洲"三座仙山，是神仙居住的地方。"三仙山"是中国东方神话的源头。《史记》和《汉书》都曾记载，在渤海中有"蓬莱、方丈、瀛洲"三座仙山、仙人和长生不老药。《山海经》中描述"三仙山"，宫室为金玉堆砌，鸟兽羽毛如同洁白云彩。公元前3世纪，秦始皇听闻仙山有仙人和长生不老的仙药，令徐福带领童男童女东渡海上寻药。

　　蓬莱阁海面常出现海市，散而成气，聚而成形，虚无缥缈，变幻莫测。在观澜亭上远眺海天一色，心旷神怡；偶有雾气飘来，使人仿佛腾云驾雾，得道成仙。北宋文学家苏轼《海市》中曾说："东方云海空复空，群仙出没空明中。荡摇浮世生万象，岂有贝阙藏珠宫。"人们把蓬莱的"海市蜃楼"奇观、仙气飘飘的体验与神话中的"三仙山"传说糅合在一起，于是蓬莱便有了"人间仙境"的美誉。

蓬莱阁远眺

147

蓬莱区北端黄海之滨的三仙山风景区就是根据"三仙山"传说建造的，它把神话传说中虚无缥缈而又令人神往的三座仙山的景象与意境展现在世人面前，被誉为"神话仙境，蓬莱再现"。这里集中国古典园林之大成，既有北方皇家园林之雄，又有南方私家园林之秀，展示出一幅人与自然和谐、天人合一的美妙绝伦的画卷。

　　蓬莱阁依山面海，风景优美，是我国古代四大名楼之一。蓬莱阁下，有一座蓬莱水城。宋代时，曾在这里建立"刀鱼寨"，训练水军。明洪武九年（1376），依丹崖山绝壁构筑城墙，引海水入内，以停泊船舰，操练水师，防御倭寇侵扰，故又称备倭城。蓬莱水城是我国现存古代海军基地之一。1982年，蓬莱水城及蓬莱阁（含戚继光牌坊），被公布为第二批全国重点文物保护单位。

蓬莱水城与蓬莱阁

3. 庙岛显应宫

妈祖护佑保平安

妈祖，俗称"海神娘娘"，是传说中掌管海上航运的女神。位于今庙岛的显应宫始建于北宋宣和四年（1122），是供奉"海神娘娘"的庙。在宋代之前，这个岛一直叫沙门岛，因为岛上建了庙，所以人们自那以后称这里为庙岛。明崇祯元年（1628），政府下旨扩建庙宇，并赐庙额"显应宫"。

显应宫分外垣和内庭两部分，外垣包括戏楼、台基和碟墙，内庭则分三进院落。前院有山门、钟鼓楼和前殿。中院以大殿为主体，包括前轩、东西廊房。后院有后宫、穿廊和左右配房等。

妈祖信仰始于北宋时期的福建湄洲屿，后来随着航海者的活动不断向外传播。北宋年间，南北贸易频繁，海运日渐繁荣，庙岛是南方商船进入渤海湾的必经之地，往来船只常常需要在这里停泊候风。当时，南方商船的船工多为福建人，他们崇奉妈祖，于是在岛上立妈祖祠以事供奉。这是北方沿海地区的第一座妈祖庙。公元1125年，福建船民移送一尊妈祖铜像供奉于显应宫，这是目前存世的唯一一尊宋代铜身妈祖像。

元代，江南大批粮食和物资经由海运输往北方，船队从刘家港入海（江苏太仓浏河），转经沙门岛（庙岛），至界河口（天津大沽口），然后再转运到大都。庙岛是元代海运的必经之地和重要中转站，南北客商、渔民云集于此，因此庙岛显应宫香火日盛。元天历二年（1329），朝廷遣使到显应宫致祭，并御赐匾额。与此同时，妈祖信仰向庙岛周边辐射、传播。胶东此时兴建的妈祖庙有两座，即始建于至元四年（1267）的宁海州（牟平）天妃宫和延　年间（1314—1320）的成山祠。

康熙二十三年（1684），清政府晋封妈祖为"天后"，并诏天下"四时致祭"，妈祖取得了与玉皇大帝平起平坐的尊崇地位。由于庙岛是往来航船的必经之地，又是登州外港，清政府在此设立了海关，管理渔商事务。到道光年间（1821—1850），以显应宫为中心的庙岛群岛成为当时黄渤海海域的第一大锚泊港口和北方航运中心，官、漕、商、渔各类船只均以此为航海中继和货物集散地。

庙岛显应宫

显应宫作为北方沿海地区第一座妈祖庙，在妈祖信仰的传播中占有举足轻重的地位。明代时，显应宫已成为北方的妈祖祖庙，有"北庭"之称。此后，妈祖信仰在北方的传播进入全盛时期，显应宫、蓬莱阁天后宫、牟平天妃宫等均加以重修，黄渤海沿岸的海口与内河相继出现了大大小小二十多座妈祖庙。

庙岛故城址及显应宫遗址对研究胶东地区宋代寨城的规模和布局以及妈祖文化的发展提供了重要依据。2006 年，庙岛故城址及显应宫遗址被山东省人民政府公布为省级文物保护单位。

4. 栖霞牟氏庄园

保存最完整的地主庄园

牟氏庄园坐落于山东省栖霞市城北古镇都村，是牟墨林家族几代人聚族而居的地方。牟氏庄园始建于清雍正年间，后经近百年的扩充和修建，成为我国北方规模最大、保存最完整、最具典型性的封建地主庄园。

栖霞牟氏家族之始祖为牟敬祖，原籍湖北公安县，洪武三年（1370）任栖霞县主簿。三年任期满后，因病不能归楚，遂落籍于栖霞县。牟氏家族的暴发与繁荣，是从第十四世牟墨林开始的。牟墨林具有精明的经营头脑，同时又有敢于拼搏的奋斗精神。道光十三年（1833），栖霞连续三年大灾。1836 年春，栖霞饿殍遍地，人民苦不堪言。在众乡民的请求下，牟墨林组织起一帮人，冒险漂洋过海到关东贩运救命粮。粮食运回栖霞后，牟墨林以粮食换取饥民手中的土地，在较短时间内暴发成拥有六万余亩土地、十二万亩山林的大地主。

民国初年，牟墨林的六个孙子各立堂号，分别是日新堂、宝善堂、西忠来、东忠来、南忠来、师古堂（又名"阜有堂"），牟氏庄园遂形成三组六个大院的格局。到1935年前后，牟氏庄园方才形成现如今的规模。

牟氏庄园主体建筑占地20000平方米，建筑面积7200平方米，拥有堂屋、客厅、寝楼、太房、群厢等480余间。牟氏庄园前后建筑时间历经百余年，总共耗费银两大约43万两。

"日新堂"是庄园内建造年代最早的宅区，六进五院，计有房屋89间。大地主牟墨林的居室即在"日新堂"内，单层，六檩梁架，阔五间，中三间设前廊，自成一院。"西忠来"是牟墨林的三孙牟宗夔的住宅，有房舍66间，建筑构件精美，造型别具一格。在牟氏六大家当中，"西忠来"的大门建得最为高大、宏伟。在"西忠来"大门上有一幅金色闪亮的"耕读世业，勤俭家风"对联，这副对联，凝练了牟氏家族最深厚的历史和文化，高度概括了牟氏家族重视农耕、崇尚读书和勤俭持家的文化特征。"东忠来"是牟墨林的四孙牟宗彝的住宅，是牟氏庄园较晚期建筑。"东忠来"客厅是牟家主人宴客议事的场所，客厅正上方彩匾题写"犹望公安"，告诫后人要永怀故土。

栖霞牟氏庄园

"南忠来""师古堂"位于庄园西南隅。"南忠来"居西，"师古堂"居东，都是四进四个院落。"师古堂"寝楼院内的屏门为庄园内仅存门楼，木构举架，设四柱擎顶。"宝善堂"居北，前后四进院。东群厢外侧盘墙为拼花墙，也就是人们津津乐道的"虎皮墙"，别具匠心。宝善堂的寿堂中有一幅寿幛，远远看去为一个五彩缤纷的大"寿"字，近看则为一株花叶繁茂的牡丹；再细细观察会发现，这个大寿字其实是由二十七朵枝繁叶茂的牡丹花组成的，真可谓巧夺天工。

牟氏庄园建筑有"三怪""九绝"之说。"三怪"指的是炕洞设在寝室外、烟囱在山墙外、穿堂门儿一线开。"九绝"分别指的是石鼓、石毯、青砖灰瓦浸豆汁、合瓦下面铺木炭、虎皮墙、花岗岩框架石钉墙、斗谷石、寿幛、堑墙石。

牟氏庄园是"百年庄园之活化石""传统建筑之宝"。1988年，被国务院公布为全国重点文物保护单位。

5. 烟台山近代领事馆建筑群
开埠的历史见证

烟台山是烟台市的标志，烟台山近代建筑群位于烟台山及周边地区，是烟台开埠的历史见证。清咸丰十一年（1861），烟台被辟为通商口岸，成为山东省最早开放的通商口岸，也是中国北方最早开埠的城市之一。

烟台开埠后，英国、美国、法国、德国、日本等17个国家先后在烟台山及其周围临海街道建立了领事馆、洋行等办事机构及众多的别墅，形成了一个外国人聚居区。

最早在烟台设立领事馆的是英国。从1861到1867年，各国先后在烟台设立领事馆5处，代理领事馆3处，共计8处，分别是英国、法国、美国、挪威、瑞典、德国、荷兰和丹麦；1871至1885年间，各国在烟台新设立领事馆3处，代理领事馆3处，分别是意大利、奥匈帝国、比利时、日本、俄国和西班牙。1901至1932年间，又有3个国家在烟台新设领事馆3处，分别为朝鲜、苏联和芬兰。

烟台山美国领事馆旧址

　　烟台山近代领事馆建筑群建筑风格各异，时代气息浓郁，堪称近代建筑的宝库。英国领事馆采用英国在其亚洲殖民地流行的"外廊式"设计，其外廊所在的地方一般是最佳的风景观赏点。其主体建筑为砖石结构，平房，四面坡屋顶，上有阁楼窗，室内有壁炉，东南面是双层外连走廊，造型朴实大方，建筑风格简洁明快。英国人在烟台山上还建了一所专为外国人（特别是英国人和美国人）使用的基督教礼拜堂，采用欧洲建筑风格，屋顶建有阁楼，这就是联合教堂。

美国领事馆建筑，共有两幢楼房，一幢是领事馆楼，一幢是官邸楼。官邸楼设有东南双面外连廊，外墙为清水墙面，配以红色牙线带和乳白色窗户及外廊护栏，显得高雅明快。丹麦领事馆外观为古城堡式，石结构，共三层，其中地面以上两层，其墙面全部采用较粗犷的类似咖啡色的花岗岩毛鼓石砌筑，衔接紧密，错落有致。屋顶为登临式平台，石包护栏，栏柱也均为石块砌筑。

烟台山英国领事馆旧址

各国驻烟台领事馆是根据不平等条约设立的，这是中国遭受屈辱的重要表现，但同时也是中国外交走向现代化的标志，是中国走向世界的开始。对烟台来说，烟台的开埠、领事馆的设立，以及由此带来的外侨涌入、近代工商业的兴办、近代学校的创办等等，都为烟台的近代化带来了新的元素，注入了强劲的活力，从而奠定并巩固了烟台在近代史上的地位。

以各国领事馆为代表的烟台山建筑群汇集了西方不同国家的不同文化特色，不仅使烟台山周围具有十分浓郁的异域情调，而且大大增加了这座历史文化名城的历史和文化底蕴。这些各具特色的西式建筑既是烟台开埠的历史见证，是烟台重要的文化遗产，也是烟台开埠文化的重要组成部分。2006年，烟台山近代建筑群被国务院公布为第六批全国重点文物保护单位。

6. 烟台福建会馆

北方最大的闽南风格建筑

烟台福建会馆，本名"天后行宫"，是供奉妈祖的地方。它由福建船帮商贾集资而建，建成后成为福建商人聚会的场所，因此又称为福建会馆。这是中国北方最大的闽南风格建筑。烟台福建会馆的兴建反映了烟台港口的发展与商贸往来的繁荣。

鸦片战争以后，在南方五口通商的刺激下，烟台一带的商贸往来有了很大发展。道光年间，随着南北贸易往来频繁，在大庙周围聚集了千余家商户。全国各地的船帮商贾来这里经商，或者由这里中转，其中人数最多、影响最大的是福建商人。

烟台开埠后，出现了两个人口比较密集的地区，一是以烟台山为中心的外国人聚居地，再就是以大庙为中心的中国人聚居地。到十九世纪八九十年代，这里的街市、道路西通通伸，南连奇山所，构成了烟台城区的雏形。

烟台福建会馆，始建于光绪十年（1884），落成于光绪三十二年（1906），前后历时二十二年，在当时号称"鲁东第一工程"。烟台福建会馆的所有材料、构件均由泉州的能工巧匠在当地采集、加工、雕刻，然后用帆船漂洋过海运到烟台，组装起来。

福建会馆主要分为三个部分，分别是大殿、山门和戏台。大殿是福建会馆的主体建筑，妈祖神像位于大殿中央，面朝大海。大殿中"天后圣母殿"匾额是艺术大师李苦禅的手迹。大殿歇山重檐，宏伟大方。屋顶上有二龙戏珠的龙吻，围脊上有瓷片镶嵌的琴棋书画图案。妈祖俗称"海神娘娘"，是传说中掌管海上航运的女神。妈祖原名林默，出生在福建莆田渔民家中，后因救助渔民而不幸遇难，年仅二十八岁。据传说，林默死后"升天"为神，常在海上救助遇到危险的渔民，于是，沿海居民立庙奉祀。

天后行宫的山门采用穿斗式结构，上半部为木雕，中部和下部为石雕。门上的木石构件都经过精细的雕刻，并装饰有各种吉祥图纹。在斗拱、栋梁、雀替、额坊上，雕刻、装饰有百余处之多，多取材自中国古代历史故事和民间传说，如"姜太公钓鱼""文王访贤""舜耕历下""米芾拜石""苏武牧羊"等。还有神话传说中的"八仙过海""刘海戏金蟾"等；还有"三国演义"中的"空城计""长坂坡"等。雕刻细腻，造型生动，栩栩如生，堪称雕刻中的精品。

戏台为"凸"字形，前台三面开敞，背靠单檐硬山平房，蓝琉璃覆顶。四角重檐亭，采用木质材料建成；四方台子由四根柱子撑起。檐枋之间用雕刻精致的花梁头连接。此外，在山门、大殿和戏楼之左右，皆雕刻有楹联。这些楹联与众多精细的木石雕刻，构成了蔚为壮观的景致。

在福建会馆建设过程中，这里就成为福建人洽谈贸易、同乡聚会、祭祀妈祖的场所。光绪二十九年（1903），谢葆璋在烟台创办海军学堂，海军学堂中的学生以福建籍为多，他们经常到福建会馆祭拜、聚会。光绪三十二年（1906）福建会馆全部竣工，冰心曾随父亲谢葆璋参加落成典礼。1996年，烟台福建会馆被国务院公布为第四批国家级重点文物保护单位。

7. 猴矶岛灯塔

庙岛群岛的第一个灯塔

早在隋唐时期，庙岛群岛就成为中外经济、文化交流的一条重要海上之路。元明时期，庙岛成为漕船必经之地，船只都是先到庙岛塘集会，然后出发北行，因此常常有数百只漕船在庙岛塘止宿避风。到了近代，猴矶岛上建立了灯塔，这是庙岛群岛中的第一座灯塔，也是环渤海地区最早的一座国际灯塔。

猴矶岛位于长山水道北侧，面积只有 0.28 平方公里，海拔 104 米，然而这里却是南来北往船只的必经之地。猴矶岛灯塔位于猴矶岛主峰上，灯塔高约 14.2 米，主要为航行于长山水道的船舶提供助航服务。该灯塔由英国设计师主持设计与施工，最早由英国人管理。猴矶岛灯塔所有建筑材料，先在英国制造完成并试装后，再拆运到中国组装。每一块条石上都注有编号，等运到猴矶岛后，再按照编号垒砌条石，并把熔化的铅水灌进条石预留的孔内，从而将所有条石和地基牢牢地连接在一起。

猴矶岛灯塔由主塔、机房、炮台、雾号台、居住区等部分组成。主塔位于整个灯塔区的北端，除顶部在 1992 年前后被改造之外，其主体部分仍在使用；机房位于主塔的南部，建于 20 世纪 20 年代；炮台在主塔的南部，现保存着遗址；雾号台在塔区的南端，建于 20 世纪 50 年代；居住区位于灯塔东南侧，现保存有宿舍、餐厅、舞厅、小教堂等。

光绪二十六年（1900）前后，沙俄势力曾一度占

猴矶岛灯塔

领长岛并接管了该灯塔。至光绪三十一年（1905）日俄战争后，沙俄势力退出长岛，灯塔遂废置。民国初年，猴矶岛灯塔由中、英两国共管。二战期间，再一次被废置，改由雇工管理。

近代化灯塔的建立，在一定程度上改变了过去行船纯粹依靠天气和运气的状况。在渔家的心目中，灯塔不亚于海神赐灯。由于灯塔的建立，猴矶岛成为渤海海峡一带渔家的"耳目"和渔家心中的航标岛。

猴矶岛灯塔至今已历经 136 年的风霜雨雪，依然挺拔屹立。2013 年，猴矶岛灯塔被国务院公布为全国重点文物保护单位。

（三）石窟石刻

1. 云峰山摩崖石刻

隶楷之极，魏碑之冠

云峰山摩崖石刻位于莱州市区东南 7.5 公里处，与莱州大基山、平度天柱山、青州玲珑山上的北朝石刻通称为"云峰石刻"。

云峰山共有摩崖石刻 40 处，其中北朝 21 处，宋代 8 处，明清各 2 处，时代不详 7 处。1 处明代石刻在山阳，其余均分布在山阴与山顶。云峰山北朝摩崖石刻落款多为永平四年(511)，为北魏光州刺史郑道昭题刻；郑道昭之子郑述祖的《重登云峰山记》为北齐河清三年（564）题刻。其他的石刻则为宋、明、清历代文人的题字。以上刻中以郑道昭的作品影响最大、价值最高。

郑道昭（？—516），字僖伯，自号中岳先生，荥阳开封（今属河南）人，北魏大臣郑羲（文公）季子，诗人、书法家。北魏孝文帝时开始为官，永平年间出任光州刺史兼平东将军。郑道昭以政为官，崇尚无为而治，休养生息，不任威刑，政务宽厚，以教化和培养人才为己任，很受百姓拥戴。

魏晋南北朝时期，社会动荡，民族交融广泛，文人思想活跃，书法艺术由汉隶转向楷书，并在演变过程中形成独具风格的"魏碑"体。郑道昭书刻于青州、光州山崖的众多题刻总称云峰石刻，其中以《郑文公上碑》《郑文公下碑》《论经书诗》《观海童诗》等摩崖石刻最著名。郑道昭所书的魏碑石刻在我国书法艺术和文字研究上占有极其重要的地位，其书法艺术造诣冠群家之首。

《郑文公碑》是北魏宣武帝永平四年（511）郑道昭为了纪念其父郑羲所刻，又称《郑羲碑》。起初，刻在天柱山巅，后来发现掖县（今莱州市）云峰山的石质较佳，又重刻。第一次刻的称为上碑，字小模糊；第二次刻的称为下碑，字稍大，而且清晰，碑名全称为《魏故中书令秘书监使持节督兖州诸军事安东将军兖州刺史南阳文公郑君之碑》。下碑刻于北魏

莱州市云峰山郑文公下碑亭

宣武帝永平四年（511），碑额楷书题为"荥阳郑文公之碑"。碑面纵 12.66 米，横 3.61 米，计 51 行，每行 29 字。此碑是魏碑楷书的范本，碑文下笔多用中锋，笔行跌宕起伏，起落转折，处处着实；间用侧锋取势，忽而峻发平铺，既有锋芒外耀，尤多筋骨内含。妙在方圆并用，不方不圆，亦方亦圆，或体方而用圆，或用方而体圆，故能给人以结体宽博、笔力雄强的感受。

1988 年，云峰山、天柱山摩崖石刻（含大基山摩崖石刻）被国务院公布为全国重点文物保护单位。2011 年 12 月，莱州云峰山被授予"中国书法名山"称号，《郑文公下碑》被授予"中国书法名碑"称号。

2. 大基山摩崖石刻

五朝石刻，书法瑰宝

大基山摩崖石刻位于莱州市区东南 10 公里的大基山中。大基山四周群峰环拱，形成一个瓢形邃谷，谷内自金、元时起，常有道家云居于此，故俗称"道士谷"。

大基山"道士谷"四周崖壁散藏着历代摩崖石刻 24 处，其中北魏书法家光州刺史郑道昭父子手书摩崖题刻 14 处，金代 2 处，元代 1 处，明代 1 处，清代 3 处，另有 3 处石刻时代不详，这些石刻大小不一，多者数百字，少者仅十余字，主要分布于四面诸峰、南北入谷处及谷之腹心处。

北朝石刻多题刻于北魏延昌元年（512）。郑道昭晚年慕仙乐道，常隐居山林，乐不思归。他在山上建了一栋名为"白云乡青烟里"的院落，日夜与飞云流庐为伴，吟诗挥毫，修身养性。他在大基山东、西、南、北、中虚设"青烟寺""白云堂""朱阳台""玄灵宫""中明坛"五处祭神"仙坛"，并作诗刻字记录，因此在　岩奇石中留下了气势恢宏的摩崖石刻。这些石刻依山而刻，形态各异，其中以其五言古诗《于莱城东十里与诸门徒登青阳岭大基山上四面及中顶扫石置仙坛诗》(简称《置仙坛诗》）最为名贵。

《置仙坛诗》刻于大基山西峰东侧山腰一块独立巨石上，石刻高 240 厘米，宽 175 厘米，书法为魏书体，以阴笔为主，间用方笔，是仅次于云峰山《论经书诗》之作。

郑道昭的儿子郑述祖少年时曾跟随其父在光州登山临水，其父"爱山乐道"、悠游山林的活动和思想对郑述祖影响很深。五十年后，历史进入了北齐时期，郑述祖亦任光州刺史，重游故地，在大基山亦留有石刻，因此郑道昭父子两人均与大基山结下了不解之缘。

大基山道士谷远离尘嚣，清静安谧，景色宜人，引来不少文人墨客到此寻幽览胜，或隐居谷中读书，因此谷中亦留有一定数量的金元以后的题刻。文人墨客游大基山道士谷的游记和诗篇散见于地方志中。此外，谷内还有道观遗址多处。

金末元初，道家全真教七真人中的刘处玄奉金章宗御旨，在谷中创建先天观，在这里修真终生。继刘处玄之后，丘处机亦来到这里栖息修真。从此以后，道士谷道教盛极一时，道观鳞次栉比。金《先天观》石刻和丘处机泰和四年（1204）《长春子道士谷春日登览诗》石刻至今依然屹立于西山腰。历代道

大基山南崖造像

家修建的老子庙、先天观、玉皇殿、姑子庵等，至今遗迹犹存。

大基山保留了不少于五个朝代的书法石刻，是中国古代书法艺术宝库，在中国书法艺术史上占有重要地位。1988 年，云峰山、天柱山摩崖石刻（含大基山摩崖石刻）被国务院公布为全国重点文物保护单位。

3. 神仙洞石窟造像

金元时期道家石窟

神仙洞石窟造像位于莱州市柞村镇大台头村北寒同山之阳。寒同山俗名"神山"，因神仙洞石窟造像得名。山体呈东西走向，西连云峰山，北依大基山。山上怪石突兀，古树林立。原有光水（俗称"三里河"）发源于山北坡。北魏时期，胶东半岛一带属光州管辖，"光州"即由此河而得名。

寒同山环境幽静，风光秀丽，与古老的道家石窟，交相辉映，"寒同仙洞"曾是著名的"掖县八景"之一。大基山与寒同山同为金元时期全真教道士活动的场所。全真道教的活动在此世代相袭，一直延续到近代。

寒同山石窟开凿在半山腰巨大花岗岩崖壁上，山阳 6 窟，分上下两层，上层4窟较大，下层2窟较小。山阴1窟，名灵官洞，又称皇姑洞，现已废弃。山阳6洞中的上4洞由东向西分别为七真洞、五真洞、虚皇洞和长春洞，下2洞分别为刘祖洞与真官洞。洞口均坐北向南，呈圆拱形，洞内多呈纵长方形。6窟中现共存36尊圆雕石像，除长春洞为剔地雕（即半立体的高浮雕）外，其余均为白色大理石圆雕坐像或立像，洞壁或有元代、明代题记，窟顶或有浮雕盘龙等。

神仙洞全貌

据《莱州府志》《掖县志》等地方志记载，在不同时代，各洞的名称及洞内造像的排列形式、分布数量并不相同。虚皇洞前曾建有殿阁，各洞口前置有洞门；洞内盘坐像是天尊或真人；前垂足端坐像当为真人，立者为侍童（道童）。七真洞正中盘坐像似双手持物或说道论禅状。五真洞正中盘坐像似一手抚膝，一手抬起状，其余造像或袖手下垂腹部，或双手合抱胸、

165

腹前等。正中像或留山羊胡或长须，两侧真人像或留胡或无须等。五真洞不仅规模最大，而且窟顶有大型高浮雕二龙戏珠，龙成腾飞状，造型生动，雕工精美。所有洞窟的雕像造型圆润，雕刻刀法简略，衣纹重叠平直，或直立垂直下落，显得轻盈流畅而富有装饰感。神仙洞石窟造像是不可多得的艺术珍品。

西南山下有元代至元年间的《神山万寿宫碑》，碑的一面阴刻正书记述了宋德方开凿神仙洞石窟造像的过程，还有道士石志温营造宫宇的情形；另一面阴刻有"本宫宗派图"。现碑首已佚。

神仙洞石窟造像是胶东地区现存最大规模的道教石窟造像，它为研究金末元初道教全真教的活动状况，提供了重要的实物资料。1992 年，神仙洞石窟造像被山东省人民政府公布为省级文物保护单位。

4. 盖平山摩崖石造像

胶东唯一北朝佛教摩崖造像

盖平山摩崖石造像位于莱州市柞村镇东朱宋村东北约 2.5 公里的盖平山面南的崖壁上，是烟台目前发现的唯一一处保存较完好的北朝佛教摩崖造像。

石造像位于山凹北壁之上，石壁平整如刀削，高十几米，宽四五十米；在石壁西部，上下排列着两个石龛。上龛口呈尖拱的莲花瓣形，中间面南雕一尊结跏趺坐佛（即互交二足，将右脚盘放于左腿上，左脚盘放于右腿上的坐姿），身后圆形头光、舟形背光，脸形微长，双目微合，嘴角上翘，身着圆领通肩袈裟，神态慈祥端庄。主佛像的两侧各开一小龛，龛口也是尖拱的莲花瓣形，里面各雕一趺坐小像，披巾裹头，微闭双目，若有所思。下龛口为圆拱形，高浮雕一个佛像、两个立菩萨像。佛像高肉髻，面相丰圆，弯眉似月，嘴角微翘，似露笑意；身着褒衣博带式大衣（即着宽袍，系阔带），内着僧祇支（一种长形衣片，着于袈裟之下），施禅定印（佛陀最常结的手印，表示禅思，使内心安定），露右足结跏趺坐于方座之上；左右二菩萨相对而立，高发髻，弯眉秀目，面带微笑，身披披帛（指霞帔），腰间束带，下着长裙，一手提瓶，一手作施无畏印（传说佛陀举起右手舒五指，狂象见手印立刻被降服，故此该手印流传下来，命名为施无畏印）；东侧菩萨身内侧有题记一处，字迹已不可辨认；佛座前雕伏狮一对，匍匐状对称分列于座前。东壁开八小龛，龛内各雕一像，都面向中间的主佛像，中间的一尊较大；两侧分上下两层。西壁开十一小龛，龛内各雕一像，亦面向中间的主佛；或站或坐，多施禅定印，现面部多残损模糊。下龛口两侧及下部镌刻题记多处，字体为魏碑体，字迹多模糊不清，难以辨认。根据石造像的风格、形制、雕刻技法以及龛周边文字题记书写风格判断，盖平山摩崖石造像的时代大约在北魏晚期及北齐前后。

当地百姓俗称盖平山为"上寺头"，这是因为山顶曾有寺庙，称"上寺"。山上还有先贤读书台的遗迹。侯登岸在《掖乘》一书中曾提到明代掖县人刘重庆曾在盖平山读书的故事。刘重庆，字耳枝，明代著名书法家，万历庚戌进士，曾任献县知县，后官至御史、户部右侍郎。明朝末年，孔有德举兵叛乱，围困莱州城。刘重庆主张坚决抵抗，反对议和，曾三疏请兵救援，未果，后郁愤成疾而死。由此推断，"先贤读书台"指的应该是刘重庆当年在山中读书的地方。

盖平山摩崖石造像为研究胶东地区佛教发展、佛教对山东沿海地区的社会影响以及佛教造像的雕刻艺术提供了实物资料。2006年12月，盖平山摩崖石造像被山东省人民政府公布为省级文物保护单位。

5. 崮山摩崖石刻

教化众生，从道向善

崮山是蓬莱、龙口、栖霞的界山，位于驿道镇庄李家村西1.5公里，山势挺拔陡峭、怪石嶙峋，有"胶东小华山"之誉。顶部较平，又名云头山。侧观崮山群峰，好似一个"睡美人"，因此当地百姓称为"秀女峰""龙女峰"。传说西汉大将韩信曾隐居于此，故又称"韩信山"。

崮山摩崖石刻处于崮山主峰山巅崖壁间，以主峰西南峭壁为多，有题记、诗、对联等十余种，字大小不一，多属楷体。这些石刻多为清代及民国时期的作品，现多数清晰可辨，有些则模糊不可辨别，难以识读。篇幅最大的为道光十二年（1833）题刻《苏州陈太守断批》，高约两米，宽约三四米；另有《万古吉庆》《太平洞府》《洞府宝地》《道在师传》《盛水池》《古盛山》《演教碑》《金液池》《崮山》等题刻；此外，崮山有道观遗址，现存山门、房基、石阶及井等遗迹。

崮山与云峰山、寒同山都是道教圣地，石刻颇多，所不同的是云峰山、寒同山石刻皆以苍劲的书法闻名于世，崮山石刻则以教化芸芸众生、从道向善而著称。人们从"常行老子教，日用祖师经。炼质真儒性，岂不是全真""道在师传修在己，德由人积命由天"等石刻文字中，感悟道教文化的精髓，领略"从道向善"的人生价值。

崮山摩崖石刻中最著名的是天井左边绝壁之上的《万古吉庆》《苏州陈太守断批》石刻。《苏州陈太守断批》记录了一郡太守为断弟兄二人官司，历尽苦难，最终使弟兄和好的感人故事。通篇达280字，立论高远，层次严谨，思辨清晰，至今读来，仍发人深省。书法则古朴典雅、刚劲有力。

崮山摩崖石刻

崮山摩崖石刻是烟台保存较好的道教题材石刻，对当地民风有着深远的影响。

6. 昆嵛山烟霞洞

王重阳收徒论道

烟霞洞遗址位于烟台市昆嵛山国家级自然保护区昆嵛山脉

东北部的烟霞山上。烟霞洞为天然洞穴，洞口向南，上方镌"烟霞"二字。洞内呈椭圆形，高 3 米，长 7 米，面积约 20 平方米。洞内东壁刻"烟霞洞"三个大字，字间和洞顶壁上有多处元明时期留下的墨书题记和诗词。

烟霞洞遗址是全真教创教时的一处重要遗址。金大定七年（1167），王重阳来宁海收徒授业，于次年二月，率徒至烟霞山，辟烟霞洞，建全道庵，带领马钰、丘处机、刘处玄、谭处端、王处一、郝大通、孙不二等七位嫡传弟子在此潜心悟道，这七人被后人称为"全真七子"，烟霞洞成为创立教派的"洞天福地"，素有"全真教东祖庭"之称。王重阳《烟霞洞》诗曰："古洞无门掩碧沙，四山空翠锁烟霞。天开玉树三清府，池涌青莲七子家。阐教客来传道法，游仙人去换年华。可怜此地今谁管，春暖桃夭自发花。"

"全真七子"都是胶东人，其中丘处机是栖霞人，刘处玄为东莱人，其余五人是宁海人（今烟台市牟平区）。王重阳仙逝后，全真七子继承王重阳的遗志，坚持不懈地在各地传播全真道。金大定二十七年（1187），金世宗得知全真七子的事迹后相继征召王处一、丘处机论道，但两人皆不应诏。元太祖十五年（1220）正月，丘处机以七十三岁高龄毅然率弟子十八人从莱州出发，跋涉万里，历尽艰难，两年后抵达西域大雪山，觐见成吉思汗。丘处机劝其寡欲止杀，以敬天爱民为本。元太祖成吉思汗封丘处机为国师，尊为"神仙"。此后，丘处机及其弟子们积极弘道传教，全真教在元朝初年达到鼎盛，丘处机则成为统领全国道教的一代宗师。

烟霞洞内原雕有七真人石像，后被毁。改革开放以后，烟霞洞复建。烟霞洞以其独特的风景闻名于世。洞的周围，壑谷幽邃，松柏掩映，石径回

昆嵛山烟霞洞

绕；阴雨天，山头云海如浪，洞周围雾气缭绕；时有霞光出现，五彩斑斓，绚丽壮观，宛如烟霞缥缈。

烟霞洞是全真教的祖庭，道教的圣地，在中国道教发展史上具有重要的地位。

四

多彩非遗

烟台历史悠久，文化源远流长，积淀深厚。在千百年的历史长河中，生活在这一方热土上的人民以其独具特色的地方文化为内涵，创造了丰富多彩、璀璨炫目的非物质文化遗产。目前，烟台拥有国家级非物质文化遗产项目 15 项，省级非物质文化遗产项目 68 项，市级非物质文化遗产项目 228 项。这里有入选联合国教科文组织《人类非物质文化遗产代表作》名录的烟台剪纸，有名扬四海的鲁菜技艺，有威武雄壮的海阳大秧歌，有神奇动人的八仙传说……这一张张闪光的文化名片，体现了烟台的地域文化、民俗生活、本土知识和传统技能，体现了烟台人民的聪明才智、开拓精神和创新意识，是中华文明极其宝贵的文化资源和精神财富。

（一）民间艺术

1. 长岛渔号

胶东渔民的"战歌"

长岛，也称庙岛群岛，由三十二个岛屿组成，纵贯渤海海峡。这里的渔民世世代代在海上讨生活。海上作业，不仅是繁重的体力劳动，也充满了艰辛与危险。惊涛骇浪里，诞生了高亢有力、粗犷豪放的长岛渔号。

长岛渔号源于砣矶岛，距今已有三百多年的历史。清末民初，砣矶岛上的大风船有三百多只。这种以风为动力的大型木船，一般由十七八人操作，船大人多，劳动强度大。风帆时代，有风靠篷，无风全凭摇橹。尤其是远海作业，在发现鱼群的黄金时刻或面临生死考验的时候，就需要用劳动号子来统一步调，齐心协力，闯过难关。

长岛渔号以吆喝、呐喊和领合叫唱为代表形式，多由一人领唱、众人合唱，称为"喊号"或"唱号"。领唱也叫"领号"，领号者称"号头儿"，众人合唱称为"接号儿"。号子有几种"大号"，由"大号"又派生出一些"小号"，主要有上网号、拾锚号、竖桅号、掌篷号、摇橹号、拉船号、发财号（艇鲅号）、捞鱼号等。长岛渔号号词简单，多为即兴喊出，以衬词为主，号调随劳动程度或紧张或舒缓或抒情，没有乐器伴奏。在海上劳作中，号子就是指令，号子也是精气神儿，能令"多心眼"往一起想，令"多股绳"拧成一股绳，由此产生一往无前、以一当十的巨大凝聚力。正如当地渔谚所云："唱着渔号齐心干，能填海来能搬山。"

长岛渔号在海上劳作中起号召、号令、招呼的作用，发挥了巨大的号召力和凝聚力，也留下了许多佳话。20世纪30年代，砣矶岛后村有只"大瓜篓"（船名）在烟台港站锚，适逢有只天津的"大改翘"正要掌篷出海。时值雨后，篷绠湿涩，他们费了九牛二虎之力，也没有把篷掌起来。砣矶岛上有个号头子，带着伙计靠了上去，一个掌篷号，把篷掌了起来，在港的渔民无不钦佩。50年代初，来自东北、烟台、威海和长岛的几十家渔船在天津大沽口休整。傍晚，渔民们在船上、坝沿上、海滩上说天道地，谈笑风生。人们自发地成立了啦啦队，表演各自的节目。轮到砣矶岛渔民了，他们既不会演，又不会唱，无奈叫起了"长岛渔号"。谁知这号子一叫，不仅引起众渔民的喝彩，就连周边的饭店、酒馆、商铺里的人都停下了手中的活计，出来看热闹，可见长岛渔号的气势。

长岛渔号，是我国众多劳动号子中的一种，随劳动的节奏自然生发。原生态的喊唱方式，既协调了劳动节奏，节省了气力，也舒缓了繁重体力劳动带来的枯燥困乏。长岛渔号是力量的迸发，也是情感的宣泄纾解。

长岛渔号植根于渔民耕海牧渔、战风斗浪的集体劳动之中，体现了渔民的精神风貌，那就是凝心聚力、勇敢无畏、敢于拼搏的闯海精神。

2. 海阳大秧歌

歌、舞、戏融合的艺术瑰宝

海阳秧歌是与鼓子秧歌、胶州秧歌齐名的山东三大秧歌之一，是一种集歌、舞、戏于一体的民间社火形式，遍布海阳十余个乡镇，并流传至周边地区，以豪放古朴的表演风格、严谨的表演程式和恢宏的表演气势而著称。

海阳秧歌在明代时已经成熟。海阳秧歌主要冬闲时排练，过年期间演出，有明显的祭祀性。每年正月开始，海阳秧歌就要耍家庙，拜祖宗；正月十一祭拜庄稼神，祈求来年风调雨顺；正月十三祭海，拜龙王庙；正月十五"闹元宵"，秧歌更是重头戏。直至四月农忙之前，各地的山会、庙会仍有秧歌演出。

人们常在海阳秧歌中加一个"大"字，称之为"海阳大秧歌"，可见海阳秧歌较别处之不同。海阳大秧歌之"大"在其阵容庞大。一支秧歌队可由几十人甚至上百人组成，仪仗、乐队、舞队，男女老少皆可参与，观众也可即兴加入，场面宏大而壮观。角色虽众多繁杂，但结构严谨，排在最前列的是执事部分，由三眼枪、彩旗、香盘、大锣组成；其次是乐队，由大鼓、大锣、大钹、小钹、堂锣等组成；随后是舞队，有各类角色，其中分为指挥者——乐大夫；集体表演者——花鼓、小 、霸王鞭；双人表演者——货郎与翠花、王大娘与箍漏匠、丑婆与傻小子、老姜背老婆、相公与媳妇等；排在最后的是秧歌剧

177

人物或戏曲杂扮者。

海阳大秧歌的"大"还体现在动作幅度大、表演气势大。海阳秧歌的表演分大场子和小场子两种，大场子是群舞，主要表现欢乐和激昂的情绪，小场子是独舞、双人舞和多人舞，表演质朴优美、耍逗有致。大场子气势磅礴，常用阵式有"二龙吐须""八卦斗""龙摆尾""龙盘尾""二龙绞柱""三鱼争头""众星捧月"等。乐队则是擂大鼓、击大锣、敲大钹，铿锵有力，气势雄壮。无论是阵势排列、场面调度还是音乐伴奏都十分大气大方，震撼人心。

海阳秧歌里有明显的武术色彩。走在秧歌队最前面的乐大夫，承担着指挥秧歌、活跃气氛以及点报节目的作用。他们扮相威严，举止稳健，其舞蹈动作大都借鉴民间武术的身姿。花鼓和霸王鞭队伍都由年轻健壮的小伙子担任，他们都是武士扮相，头戴英雄额，阳刚健美。他们步伐矫健，动作敏捷，前后左右跳跃穿插，仿佛海防将士们练兵的场景。

海阳秧歌是对生活的艺术化表现。货郎与翠花、老姜背老婆、王大娘与箍漏匠等，是一幕幕民间生活的风情画，将打鱼狩猎、农田耕作、大夫行医、货郎卖货、箍漏铜缸等生活再现在秧歌剧中，剧情风趣幽默，热烈欢快，洋溢着浓郁的生活气息。

海阳秧歌最突出的特点还在于其礼仪庄重。最常见的是"三出三进"，即串村演出时，进村和离村时都要各行三次礼，这是秧歌队员们扭得最起劲、跳得最欢快、舞得最有激情的时刻，将秧歌表演推向高潮。而当拜庙、拜名人牌坊时，秧歌队更是全体按次序行"三拜九叩"大礼，肃穆庄重，感人至深，较之

"三出三进"更加热烈，是海阳大秧歌表演的"戏眼"所在，也是最能牵动观众心神的精彩时刻。

海阳大秧歌

"没有秧歌不叫年。"随着社会发展，海阳秧歌的形式与内容不断变化，但它在人们心目中的地位始终没有变，看秧歌、演秧歌仍为生活中一大乐事。海阳秧歌也因此经久不衰，成为人们生活中不可或缺的精神食粮。

3. 八卦鼓舞

胶东屋脊上的道教艺术

栖霞是道教全真派创始人丘处机的故乡，这里的庙后镇上林家村一带有独具特色的八卦鼓舞，是一种集鼓与舞于一体的道教艺术形式。

八卦鼓舞源于道教。八百多年前，栖霞就是远近闻名的道教圣地。丘处机曾经在栖霞创建了三处道观，其中，为纪念师傅王重阳而建的重阳宫就坐落于上林家村附近，规模宏伟，建筑达上百间之多，因此又称"百间观"。重阳宫鼎盛之时，道士达百人之多，阵势浩大。

道观的主要作用就是祭祀和举行宗教仪式等。在举行宗教仪式（做道场）的过程中，需要鼓乐配合，于是便产生了八卦鼓舞。道教以阴阳观认识世界，太极生两仪，两仪生四象，四象生八卦，因而八卦鼓舞中的阴阳两仪和八卦意象非常明显。

八卦鼓舞为男女对舞。由男八人、女八人组成，男为壮年，挎"八卦鼓"于腰前，右手持鼓槌，左手扶鼓。鼓槌头部圆而细，尾部雕刻一龙头，龙头向前有约十厘米长的槽，内镶三四枚或五六枚铜钱，击打时铜钱相击，发出沙沙的声音。铜钱的沙沙声与咚咚的鼓声交织相映，形成一种特殊而神秘的视听效果。女青年双手握圆形平顶古铜色伞，伞沿缀围多为黄色。"八卦鼓"纯为男女对舞，不加入任何不相干的人物，这就使八卦鼓舞突出了阴阳之分、乾坤之别。在道具的运用上也充分体现了阳刚阴柔的特点，体现了鼓为主、伞为副，相辅相成，相映成趣的艺术特点。

八卦鼓舞的步法以八卦的八种"卦位"、东西南北中"五个方向"为定向。"卦位"和"定向"按照"八卦"中的阳刚阴柔、阳实阴虚、阳开阴合、阳大阴小、阳强阴弱、阳明阴暗等等，通过演员动作来体现舞蹈的韵律。八卦鼓舞队形变化较为简单，一般常常出现的有"八条街""双龙吐须""辫麻花""单串花"、"双串花"、"按波花"等。在队形变换中，都要以"圆"为中心，左旋必右转，转要回"圆"，"圆"中见转。这是八卦鼓舞极其鲜明的艺术特色。

八卦鼓舞含有道教元素，带有宗教的庄严感，形式严谨，处处体现出道教特色。在道具、服装上也非常讲究。八卦鼓的鼓面为双面牛皮蒙面，双面鼓面上绘有八卦图，鼓帮为黑漆立彩涂模，装饰有不同的图案，最典型的是"八仙"的八件宝器，并配以牡丹、菊花、水草等，色彩鲜艳。男演员上衣前胸和后背、女演员拿的伞上也都绣有八卦图案。

八卦鼓舞的作用主要是祭祀、祈福等，符合民众趋吉求祥的愿望，从而逐渐走出道观，流传于民间。现在的八卦鼓舞多在每年的春节演出。在一些"庙会"、"山会"或大型活动、节日上，也能看到八卦鼓舞的身影。

八卦鼓舞

4. 蓝关戏

莱州蓝关戏，古腔今犹在

蓝关戏，又名"南官戏"，是山东境内很有特色的一种古老的高腔剧种，主要流行于胶东半岛的莱州、招远市境内，其中，地处莱州北部龙埠、东季、马回沟、李家疃及与其相毗邻的招远的金岭、蚕庄、小河头等村镇，是蓝关戏的重要发祥地。

"蓝关戏"名称的来源有不同说法，一说"蓝关戏"以唱韩湘子的故事为多，其叔祖韩愈一生坎坷，但处处过难关，剧目中又有韩湘子度化其叔韩愈的故事，因此取韩愈"云横秦岭家何在？雪拥蓝关马不前"诗句中的"蓝关"而得名。一说"蓝关戏"是元代时就盛行的弋阳腔在莱州的遗留，弋阳腔来自南方，故称南官腔，因而又叫"南官戏"。还有人认为"蓝关戏"又叫"连字戏"，取其连续不断的意思；也有说法认为"蓝关戏"是从渔鼓戏发展而来。

清朝道光初年，蓝关戏达到极盛时期，相继涌现出以龙埠、东季为代表的十几个"连字班"，东季班以演《东游记》为主，称"文蓝关"，龙埠班以演《西游记》为主，称"武蓝关"，一文一武，轰动一时，蓝关戏由此更加蓬勃崛起，一度遍布掖县全境。道光末年，招远县小河头等村的艺人从东季学去了《八仙过海》等剧目，使之在当地也得以流传，逐渐形成了东西两路。艺人说"十里蓝关音不同，音同唱不成"，至此，蓝关戏名声大震，饮誉胶东。

蓝关戏是属于高腔系统的一个古老剧种，"帮、打、唱"三位一体成为该剧种音乐的三大支柱。唱腔是蓝关戏音乐的主体，常用的唱腔曲牌有：高腔、平腔、悲腔、老腔、昆调、赞子、哭五更、说书调等。帮腔是蓝关戏"帮、打、唱"结构形式的重要组成部分，有"七分帮、三分唱"之说。帮腔的演唱以真声（大本嗓）和假声（二本嗓）相结合的方法，既幽雅纤细，又粗犷豪放，颇具诗意，为无丝竹伴奏干唱的蓝关戏增添了活力和光彩。

打击乐是蓝关戏音乐的另一显著特征，开始全靠打击乐伴奏，人称"满台子响"，后加弦乐伴奏。当地流行戏谚："半台锣鼓半台戏，没有锣鼓没有戏。"可见打击乐在蓝关戏音乐中的重要地位。

蓝关戏在漫长的发展过程中积累了丰富的剧目，据不完全统计，有近百出之多。剧目的来源一部分是根据《东游记》改编而成的大型连台本戏，又名"上洞八仙传"，主要演唱八仙的传奇故事；另一部分是根据《西游记》改编而成的大型连台本戏。

2006年，蓝关戏成为首批国家级非物质文化遗产名录项目。"东季的蓝关开了台，邻村的老婆跑掉鞋"，"小河头蓝关开了台，大河头老少跑掉了鞋"。从俚语俗谚中，我们可以想见蓝关戏曾经的盛况和当时受欢迎的程度。

5. 胶东大鼓

说唱结合，鼓乐铿锵

　　胶东大鼓是流行于胶东半岛的一种说唱艺术形式。初为盲人创始，是盲人们走街串巷、谋生糊口的手段。因早期演唱者均系盲人，所以又名盲人调、瞎唱、瞎腔。到了清嘉庆之后，才结合"靠山调"等慢慢发展成早期大鼓的曲调。

　　最早演唱盲人调的盲艺人有乾隆初年荣成的刘学义，由此推算，该曲种已有二百六十多年的历史。过去大鼓书在胶东地区非常普及，每个县都有说大鼓书的，因方言差异，多以地名命名，比如福山大鼓、蓬莱大鼓、栖霞大鼓等。直到1949年9月，梁前光在青岛大众游艺社演唱时，胶东文艺协会将其正式定名为胶东大鼓。

　　早年的演唱者都是说书兼算卦，靠唱盲人调和算命维持生活。艺人们所演唱的大多是反映底层人生活的一些段子，只有口头唱本而无乐谱，多由艺人口耳相传、口传心授传承。到了抗日战争时期，中国共产党将盲人组织"三皇会"改建为"盲人抗日救国会"，在各县区举办盲艺人训练班进行传习，帮助盲艺人学习政治，改革说唱内容。1943年，北海剧团梁前光奉命与周德香、任福庭编新词、创新腔，为抗战服务，编创了《打大黄家》《上营战斗》等优秀作品。这些新鼓词通过"盲训班"的教唱，流传整个胶东，被誉为"革命大鼓"，起到了团结力量、鼓舞士气的重要作用。新曲目开拓了盲人调演唱的新领域，将这种民间艺术形式推到一个崭新的境地。

作为流行于胶东半岛的一种鼓曲形式，根据其演唱所用方言，胶东大鼓大致可分为北、东、南三路。"北路"影响最大，流行于蓬莱、龙口、牟平、福山、烟台等地，其唱腔特点为说唱性强、唱腔高亢、节奏相对紧密。"东路"流行于胶东东部沿海的文登、荣成、威海、乳山地区，曲调质朴，少华彩而口语化，说唱性强。"南路"流行于胶东南部的莱阳、海阳、即墨、莱州、栖霞地区，吸收莱阳小调、茂腔等元素，旋律性强。

胶东大鼓的艺术手段主要是说和唱，特点是简便易行，走到哪里演到哪里，不需要舞台，不需要行头，不需要化妆。可以"单帮"演出，即一个人自唱自奏，演唱者将节子板绑在左腿上，靠腿的颤动打板击节，自弹三弦演唱。这种形式要求演唱者具有极强的节奏感和娴熟的伴奏技艺，难度较大。也可以两个人演出，即"搭伙"或称"双档"，多是一人弹三弦，一人击鼓说唱，间或两人也有帮腔等互动形式。三人或多人演出，即称"多档"。主唱者一二人，其余根据内容需要分角色拆唱。由于人员多，乐器全，演出气氛较为热烈。

2004年，在中国最佳魅力城市竞选中，一曲胶东大鼓《拉洋片——八仙过海》展示了胶东大鼓古老曲艺的韵味与风采，也向全国观众展示了烟台魅力。

6. 烟台剪纸
走向世界的民间美术

烟台剪纸是山东剪纸乃至中国剪纸中的佼佼者，繁密、细致、精美，独具特色。2009年作为《中国剪纸》扩展项目入选联合国教科文组织人类非物质文化遗产代表作名录。

烟台民间称剪纸叫"铰花儿""抠花儿"，或者就叫"花儿"。因为剪的花样太多，而剪样里面的"花儿"又最多。烟台剪纸精美到令人叹为观止。

烟台剪纸

人们惊讶于剪纸艺人何以能在一厘米的长度内打出三十多根细毛，何以能将线条剪得"线如胡须"却又绵里藏刚。而在过去，剪纸就是人们生活中的一部分，有着广泛的群众基础，主力军就是农家妇女，几乎每个胶东女性都会剪窗花，她们在忙家务之余，有点工夫就会抠上几朵"花儿"。

烟台剪纸的故事就是一个个普通农家妇女的故事，她们从七八岁的时候就跟着祖母和母亲剪，心里有什么就剪什么，身边的生活是什么样子就剪什么，心灵深处祈愿什么就剪什么。因为家是女人全部的世界，她们就用剪纸把家装点得喜庆吉祥。窗户上要贴，门上要贴，门楣窗楣上也要贴；过年过节要贴，装饰仰棚、墙围子也要贴；绣花、做鞋，做各种女红要用到剪纸样子，日常用的笸箩也要剪了花儿云儿贴上。喜欢听戏曲，就剪才子佳人；喜欢花鸟虫鱼，就剪四季花，剪金玉满堂，那梅兰竹菊就开到了窗户上，那游动着金鱼的大鱼缸就被端到了窗户上。除了现成的剪样，她们也根据需要自己画样子。莱州、招远一带沿海的剪纸，人面配的是鱼身、虾身和龙身等，就有了海洋文化特点。觉得单色单调了，就染上各种色，就有了老黄县的窗染花和莱州、招远的大窗裙。可以剪两厘米小的剪纸簪在头发上，也能剪一米六宽的大窗裙；能剪得小巧精致，也能剪得大气磅礴。

生活中的事物无一不能拿来做剪纸的素材，心中的愿望也无一不能用剪纸来表现。她们想让自己的婚姻美满幸福，就剪各种喜花，婚俗剪纸里就配上"喜气洋洋，上床下床；先生儿子，后生姑娘"的喜联；她们喜欢孩子，希望早生贵子，就剪荷花生人，剪胖娃娃抱大红鲤鱼；她们剪水八仙、云八仙、骑兽八仙、站八仙、坐八仙等各种八仙剪纸，伴着神奇的八仙传说，这些剪纸也便具有了某种神力；农村的老太太在孵鸡蛋的纸盆内，也会对称贴上四幅大母鸡带着一群小鸡的剪纸，为的是让抱窝母鸡跟着剪纸上老鸡领小鸡的样子学。

一把剪刀一片纸，剪纸就像一方小舞台，在农家妇女的巧手中翻飞，剪出的就是她们的喜怒哀乐、百味人生。她们就这样剪出了一朵朵"花儿"，盛开在窗上、门上、顶棚上、笸箩上，用一朵朵"花儿"点缀着生活的每一个角落，让曾经的贫寒生活烂漫多彩、姹紫嫣红。如今，纸糊门窗的时代早已逝去，但那些"花儿"依旧鲜活地盛开在现代人明亮的玻璃门窗上。剪纸给生活带来的美，永不褪色。

7. 烟台绒绣

一枝独秀，烟台传奇

绒绣，又称为毛线绣花，是用各种不同颜色的羊毛绒线在特制的网眼布上绣出各种图案的生活日用品或艺术欣赏品。自16世纪中叶绒绣在欧洲诞生，直至19世纪，绒绣主要在英国盛行。烟台绒绣的历史，还要从一百多年前说起。

1861年烟台开埠后，西方的传教士纷纷而来，将欧洲的绒绣艺术品引进烟台。1886年，法兰西传教士史密斯女士，委托烟台商界名人李伯轩先生，聘请一位中国刺绣名家为她绣制一幅纪念英国皇后出访的挂毯，李伯轩于是找到了朋友许世光夫妇。许世光先生乃设计名师，他的夫人董泰是烟台刺绣剪花的高手，夫妇俩合作，历时半年，用填底挑绣技法完成了《王后出巡图》，得到了英国王后的高度赞扬，开创了近代中国绒绣的"开门第一针"。1894年，许世光之子许振邦创办了中国最早的绒绣工厂——利敏工艺加工厂，也就是老烟台人所熟知的"许家花庄"。1902年，英国传教士马茂兰在烟台开设仁德洋行，开展烟台绒绣的大宗出口加工业务，由此开始了烟台绒绣第一个黄金时期。当时，烟台周边县市从事绒绣和相关抽纱钩边的工人达到二十多万人，烟台街面呈现出"街街晾锦，家家织绣"的繁荣景象。到 1935 年左右，年出口额约在七十万美元。抗日战争时期，绒绣业日渐萧条，许家花庄也随之倒闭。

烟台绒绣

新中国成立后，烟台绒绣业在党和人民政府的扶持下迅速发展，烟台成立了绒绣厂，生产技艺有了长足的进步。针法由最简单的方点针发展到扒针、掺针、乱针、打籽、拉毛、剪绒、铺锦等六十多种。产品有沙发靠、椅垫、提袋、票夹、琴罩、铃带、壁挂、绒绣地毯等四十多种上万个花色，行销世界六十多个国家和地区。

悬挂在人民大会堂山东厅的《东海日出》和毛主席纪念堂北大厅的《祖国大地》是烟台绒绣精品的代表。1959 年国庆十周年前夕，烟台四位绣师执针绣制了《东海日出》绒绣壁画，以胶东沿海自然景色为衬托，再现了旭日东升的磅礴场面，受到周恩来总理的好评。1977 年，烟台绒绣厂的 43 位师傅仅用 58 天时间，共计 640 多万针，绣成了巨作《祖国大地》，这幅作品长 23.74 米，高 6.61 米，总面积近 170 平方米，重 350 公斤，是当时世界上最大的一幅绒绣作品，烟台绒绣也因此声名远播。1991 年，烟台绒绣厂重新为人民大会堂山东厅设计绣制《东海日出》壁画，画面突出蓬莱阁。

烟台绒绣因技艺精湛、作品生动逼真，多次被作为国家礼品馈赠国际友人。现如今，烟台绒绣畅销四十多个国家和地区，成为鲁绣大花园里的一朵奇葩。

8. 莱州草辫

指尖上的艺术

　　莱州草辫发源于一千五百年前的沙河，农民受发辫的启示，用三根光亮洁白的麦秆草掐出了人字形的草辫。后人使用草辫做草帽，又得名"草帽辫"。因主要用拇、食、中三指指尖将一根根的麦秆挑压、交叉、折叠，俗称"掐辫子"。

　　莱州位于胶莱平原，适宜种植玉米、小麦等农作物，为草编业发展奠定了物质基础。光绪三十一年（1861）烟台开埠后，胶东农村手工业由封闭性向开放型转型，用草辫生产的草编工艺品，受到外商的青睐，成为我国最早进入西方市场的商品之一，以出口为导向的近代草辫业由此兴起。光绪年间，沙河珍珠村的"大中和"开设第一家辫庄，其他辫庄也纷纷成立，辫商云集沙河，坐庄收购草帽辫，由烟台、青岛、天津出口外运。沙河成为草辫生产、经营的中心，山东所产草辫占全国草辫产额的70%，而莱州府之潍县及沙河生产的草辫约占全省产额的三分之一。

　　清末民初，是莱州草辫的鼎盛时期，莱州草辫有四大名产，各自

莱州草辫·麦草帽

因其色泽和形状而得名，分别是"沙河黄""沙河白""沙河锯条""莱州花"。1915年，四大名产在美国旧金山举办的太平洋万国巴拿马博览会上获特别奖，被誉为世界最优质草帽辫。

新中国成立后，莱州草辫业得以快速发展。1957年后，由过去单一的以麦秆草做原料，发展成以玉米皮为主料、多种原料并用，生产的各种草艺品达四千多种。生产的提篮、提袋、挎包、茶垫、地席、草帽、门帘、果盒、纸篓、婴儿篮、拖鞋等生活用品，畅销一时。

在此期间，草辫技艺遍及胶东及潍坊一带的乡村。草辫的掐法有三根草到十二根草不等，几根草就是几股辫，根据掐辫的花样决定麦草的根数，根数越多工艺越难。技术熟练的人可以在黑夜里一边闲谈，一边编结，只见麦草在手中翻飞，快得令人眼花缭乱，目不暇接。由于掐草辫工艺方便好学，不需繁杂工具，不受场地限制，从七八岁的顽童到高龄老人，男女老少都能操作，掐草辫一度成为胶东一带农村主要的副业项目，是许多农村家庭的重要经济来源。各地出现了许多巧工能匠，一位老艺人可用麦秆草掐出两千多种草辫花样。创新出细不超两毫米的"细扩草""扇子面""筛子""蜈蚣"等品种。

2005年7月，中国工艺美术协会授予莱州市"中国草艺品之都"荣誉称号。2008年，"莱州草辫"被列入第二批国家级非物质文化遗产名录。

9. 螳螂拳

传统武术，独树一帜

螳螂拳是我国著名的传统武术流派，是仿生螳螂搏斗的一种象形拳，为山东四大名拳之一，也是首批被国家体育总局列入系统研究整理的传统武术九大流派之一。

螳螂拳起源于明末清初，相传始创者为王朗，即明末清初抗清义士栖霞人于七。康熙元年（1662）兵败牙山后，于七化名王郎，进崂山华严寺削发为僧，在此受螳螂技法启发，潜心演练，创立螳螂拳门。后经过李秉霄、赵珠、梁学香、姜化龙、宋子德等近十代传人的继承，发展至今。螳螂拳开始并无门派，至清末民初姜化龙、宋子德、莱阳"三山"（王玉山、李昆山、崔寿山）时开始衍化。目前有梅花螳螂拳、七星螳螂拳、六合螳螂拳、太极螳螂拳、小架螳螂拳、八部螳螂拳等门派。

烟台是螳螂拳发源地，最初流行于莱阳、海阳一带。后来螳螂拳在胶东大地遍地开花，莱阳、海阳、栖霞、牟平、芝罘、龙口、招远等地都盛行螳螂拳，螳螂拳成为胶东第一大拳种。

二十世纪二三十年代，中国社会发生了翻天覆地的变化，外国列强步步入侵，中华民族被称为"东亚病夫"，倍遭蹂躏。国难当头，许多有识之士深刻反思，寻求救国之路。著名将领、武术家张之江等人提出"强国者必先强身，强身即是强国"等救国主张。根据张之江的提议，中华传统武术正名为"国术"。1933 年，当时名震江湖的"莱阳三山"，为了发扬国粹，在莱阳创办了莱阳国术馆，教授螳螂拳，培养了无数螳螂拳弟子。抗日战争期间，有六百多名胶东螳螂弟子英勇抗日。莱阳国术馆馆长李昆山在任西北军武术教官期间，其训练的大刀队在抗日战场上英勇骁战，立下赫赫战功。

螳螂拳的风格，以实战性和凶猛性而著称，具有快速勇猛、斩钉截铁、勇往直前的气势。其特点是正迎侧击、虚实相间、长短兼备、刚柔相济、手脚并用，使人难以捉摸，防不胜防；用连环紧扣的手法直逼对方，使对方无喘息之机。手法丰富，既有大开大合的长打手，又有短小快捷的偷漏手，既有肘靠擒拿，又有地趟摔打。在套路演练方面，螳螂拳讲究快而不乱、刚而不僵、柔而不软。套路结构严谨，动作之间衔接巧妙，不愧为中华传统武术的优秀拳种。

2008 年，螳螂拳列入第二批国家级非物质文化遗产名录。

（二）传统技艺

1. 鲁菜烹饪技艺

舌尖上的福山

中华美食闻名世界。鲁菜是北方菜的代表，是胶东福山菜与济南历下菜、曲阜孔府菜的合璧，其重要支柱是以烹饪海鲜为代表的福山风味菜。数百年来福山（烟台）菜和历下（济南）

菜并称鲁菜两大风味。福山鲁菜所创菜品色、香、味、形并重，注重清淡，讲究原汁原味。

咸丰元年（1851），吉升馆饭庄在福山城里开业，盛极一时。咸丰十一年(1861)烟台开埠以后，胶东人口流动空前活跃，大批福山人远赴北京、天津、上海、香港、沈阳、哈尔滨和"崴子"（海参崴，即符拉迪沃斯托克）等城市谋生，带去了福山风味鲁菜，福山菜传遍天下。民间有俗谚说："要想吃好饭，围着福山转"，"东洋的女人西洋的楼，福山的大厨压全球"。

自元朝始，福山烹饪进入宫廷，成为御膳支柱。明清至民国时期，北京著名的"八大楼""八大居""十大堂"饭庄中的东兴楼、致美楼、泰丰楼、萃华楼、同和居、会贤堂等，多数由福山人当掌柜或掌灶，经营正宗的福山风味鲁菜。福山鲁菜有口皆碑，不仅是达官显贵、社会名流宴会的首选，而且撑起了京城烹饪业的半壁江山。

清末至民国，数以万计的烟台人先后东渡日本和高丽（今韩国），其中不乏从事烹饪业者，他们烹调的福山风味鲁菜颇受异域民众喜爱。如今，东京、大阪和首尔、仁川等城市的福山风味菜馆在两国餐饮界负有盛名。

福山菜以烹制各种海鲜见长，以保持海产品原味为特色。烹饪技艺主要有炸、熘、炒、烧、扒、焖、烤、炝、拌、汆、烩、蒸、煎、熏、拔丝、蜜汁等手法。福山菜共有传统名菜三百多种，现在常见的有一百多种，主要有熘黄菜、糟熘鱼片、雪花丸子、熘虾仁、虾籽海参、炸蛎黄、浮油鸡片、汆双脆、汆五丝、全家福、清蒸加吉鱼等。福山厨师还擅长做面食，"福山大面""叉子火烧"与"硬面锅饼"并称福山三大名食,其中尤以福山大面最负盛名。三不粘、福山烧小鸡等也都是福山菜系里的名吃。

福山菜的发展史上留下了许多佳话。话说明朝隆庆元年,皇帝朱载垕要为宠妃做寿,南京兵部尚书、福山城里人郭宗皋推荐家乡邹姓厨师主持寿宴。皇帝和宠妃对福山风味鲁菜深为叹服,赞赏有加。几年后,朱载垕因病不思饮食,单念福山风味名菜"糟熘鱼片",皇后娘娘即派半副銮驾前往福山接回邹姓厨师,这就是銮驾庄村名的由来。

今天,福山菜唇齿留香,仍然是我们舌尖上的美味。2001年10月,中国烹饪协会批准福山区冠名"山东烟台福山——鲁菜之乡"。2014年5月,中国烹饪协会授予烟台市"中国鲁菜之都"荣誉称号。

2. 龙口粉丝生产技艺

银丝悠悠,名闻华夏

龙口粉丝享誉海内外,但龙口粉丝的发源地和主产地不在龙口,而是在招远。坊间有俗谚说"招远粉丝龙口卖""龙口粉丝招远造",说的就是龙口粉丝与招远的关系。

龙口粉丝传统手工生产技艺形成于明末清初,至今已有三百多年的历史。招远人最初以地瓜为原料制作粉丝,后发明用绿豆为原料制作粉丝的新工艺。嘉庆五年(1800),招远市张星镇北里庄村人王国俊、王国欣、王国义三兄弟开设了有史记载的第一家专以绿豆为原料的粉丝作坊，日加工绿豆粉丝十至十五公斤，成为"龙口绿豆粉丝"的起源，也是招远粉丝生产由家庭转为专业作坊的起点。采用新技艺生产的粉丝丝条细匀、光纯透明、质地韧柔，在水中浸泡两天不变色、不发涨，再加上绿豆固有的清热、解毒、防暑等功效，使这一产品很快得到消费者的喜爱和认可，并迅速打进了海外市场。

道光年间，这种采用缸、盆、石磨、锅、箩、瓢等工具进行绿豆粉丝制作的手工操作技艺成为招远粉丝制作技术的主流，到咸丰年间，采用这一传统手工操作技艺的"粉坊"已遍及招远北半部。道光二十九年（1849），招远商人徐登庸与他人投资白银一千两在招远县城开设"福聚"号粉庄，后其族人先后开设"聚泰福""洪泰福"粉庄及分号。这些粉庄大量收购招远所产粉丝，并全部运往烟台，然后再与来自福建、广东等地的客商进行交易，装船销往上海、广东及香港等地。

咸丰九年（1859），清政府在龙口开设置捐局，招远的粉丝大户纷纷在龙口港开设粉坊，加大了招远粉丝的外销。咸丰十年（1860），徐氏四大粉庄在香港合设"洪泰"经销店，专收招远产绿豆粉丝，并改由龙口港装船直接外运至香港。为了区别于其他粉丝，招远粉丝的外包装上都标注有"龙口粉丝""招远基地"字样，从此，"龙口粉丝"这一品牌开始闻名中外。

龙口粉丝传统手工生产技艺分推粉、漏粉和晾晒三个主要过程，其中又具体细分为烫豆、磨浆、过滤、取粉、打糊、采芡、漏粉、理粉和晒粉等十几道工序。龙口粉丝以及由粉丝制作而衍生的招远特色小吃"粉浆饭"是人们餐桌上不可或缺的美食。

2004年9月，招远市被中国农学会命名为"中国粉丝之都"，2007年被列入山东省首批非物质文化遗产名录。

3.莱州毛笔制作技艺

柔而不软，刚而含蓄

莱州毛笔作为"北派"毛笔的代表，历史上曾与"南派"之首、取材羊毫的"湖笔"齐名，为世人所青睐。莱州毛笔历史悠久，规模生产始于明朝中期，距今已有六百多年历史，莱州毛笔同石雕、草编、绣花并称为"莱州四绝"，清朝时就被选为贡品。

最早的时候，主要是朱桥镇苗家一带的家庭手工制作毛笔。坐在土炕上梳理着各种尾毛的老人，在灶前煮饭也手不离笔杆的妇女，构成了一幅幅家庭作坊图。男人们则肩挑笔担，远走各地，传授技艺，开设笔庄。

1972年，苗家公社率先将零散的民间制笔艺人组织起来，建立了苗家笔厂，后为掖县制笔厂。辉煌时期，笔厂的制笔工匠达到四百余人。1973年，笔厂为郭沫若制作毛笔。1978年，邓小平访问日本，选用该厂制作的"泰山牌"毛笔馈赠日本。"泰山牌"毛笔在1982年全国第二次毛笔质量评比中荣获总分最高分，被誉为"状元笔"，

莱州毛笔

197

受到诸多书画家的青睐。

莱州毛笔从选料到制成，经过选、配、垫、梳、圆、修、捋等一百二十多道工序，主要包括择料、水盆、修笔、刻字、包装五个大的工序，工序中又以水盆和修笔最为复杂。

莱州毛笔共有二百九十多个规格。按笔头长度分，有大楷、中楷、小楷；按用途分，有字笔、画笔、修像笔、眉笔等；按笔头材料分，有狼毫、羊毫、兼毫、紫毫（山兔毛）、金鸡毫、石獾毫及胎毛笔等；笔杆按用料等级分，有湖南湘妃竹、福建龙眼竹、水牛角、有机玻璃、象牙、玉等。莱州毛笔的代表品种是狼毫笔，选用我国华北和东北一带寒冷地区特产的优质黄鼠狼尾做主要原料。正宗的莱州狼毫笔，笔头表面呈嫩黄色或略带红，颜色一致而有光泽。润墨使用时，毛笔的尖部既有羊毫笔的柔性，又刚于羊毫笔，锋颖细长，拢抱不散，不分绺，不开叉，耐磨损，寿命长，圆、健、尖、齐四德兼备。尤其是中楷狼毫，选用正冬时节收获的东北大元尾毛精工细做而成，成品笔头色泽橙黄，毛杆粗壮挺直光滑，细长柔润，手感刚柔相济，是狼毫笔中的珍品。

2012 年，莱州毛笔制作技艺被列入山东省第三批非物质文化遗产名录。

4. 掖县滑石雕刻技艺

巧夺天工，技艺精湛

掖县（今莱州）滑石雕刻，是以莱州当地特产"莱州玉"

为原料进行手工雕刻的工艺品种，在我国滑石雕刻工艺品中占据重要地位，是北派滑石雕刻工艺的发祥地。

莱州境内的福禄山、黑山、毛家山、粉子山及优游山盛产镁石和滑石。邻近的西青山，所产冻玉质地柔润细腻，色泽翠绿，晶莹似玉，其他还有漆黑如炭的乌玉石，花纹酷似豹斑的豹斑石、流云石、竹叶石、毛公石、翠星石等均为本地独有石种，是滑石雕刻的绝佳原料，莱州因而也有"滑石之乡"的美誉。

在莱州市蒜园子村遗址中，曾发掘出四五千年前的石雕片。在出土的墓葬中，也发现许多滑石雕刻随葬品，如北齐河清三年（563）的佛造像，精美绝伦。到清末，县城周边很多村庄兴起了滑石雕刻业，多为家庭作坊，农时为农，闲时为艺。此时的刻品集中为滑石猴、狮、兔之类小动物摆件，无规模化生产，以低廉的市价散售，贴补家用。

掖县滑石雕刻的兴盛是在新中国成立后。1958年，掖县雕刻厂成立，滑石雕刻业迅速发展到一百多个品种，数千个花样。各乡镇村也纷纷建立雕刻厂，仅仅几年时间，出现大小滑石雕刻厂、作坊百余家，形成了"祖辈相传，妇孺皆能""家家有巧工，户户出佳品"及"夫制巨作，妇雕花鸟，儿女小刻"的繁荣景象。滑石雕刻成为当时县城及周围村庄最具影响力的产业。

滑石雕刻对于工艺要求特别高，当时业内有"绝凡尘，琢一品"之说，对工艺的完美追求可见一斑。制作一件精美的作品需要经过选料、设计、雕刻、精加工四大步骤。"雕技"是滑石雕刻的关键，"上光"和"打蜡"是掖县滑石雕刻的重要环节，起到了润色提神的作用，有画龙点睛之效。

　　掖县滑石雕刻的作品题材多以生活中的动物、花、鸟、鱼、虫和佛教、传统神话中的人物及情节为主。作品大致分为炉瓶（含盒）、人物、动物、花鸟、山水、钮章、文具、器皿七大类，共有一百二十多个品种，两千多个花样。因石料千差万别，雕刻艺人们会因材定型，因材施刀，因而出来的作品，同类不同态、同品不同型、同型不同神，作品极少雷同，妙不可言。特别是艺人们成功地运用原料的不同天然纹理、色泽创作出的"巧色工艺品"，更是"品中佳品"，为许多行内、艺术界人士当成珍品收藏。其中最具代表性的为"八铲猴"，俗称"滑石猴"。顾名思义，即只用八铲就可雕出一只可爱的滑石猴，其造型准确，神态生动，活灵活现，栩栩如生，深得民众特别是少年儿童喜爱。

　　掖县滑石雕刻以其巧夺天工的精湛技艺，成为民间工艺美术中璀璨的明珠，在不同时代都散发着永恒的魅力。

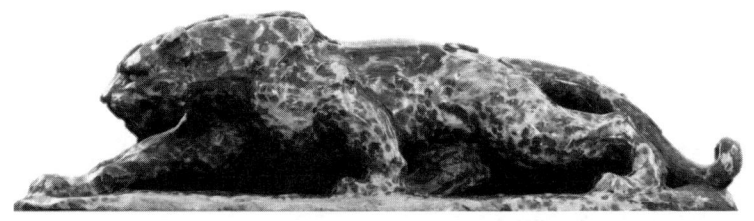

掖县滑石雕刻

（三）民间传说与民俗

1. 养马岛传说

始皇驯养五色马

养马岛，历史上多次变更名字。相传，战国时莒国人流亡于此，因名莒岛；又因岛东有一小岛，状若巨象浴水，亦称象岛。"养马岛"之名的由来有两种传说。一是公元前219年秋，秦始皇东巡，封此地为"皇家养马岛"。二是明朝初年，倭寇骚扰沿海一带居民。为了避倭，莒岛居民大量迁往内陆，小岛荒置，抗倭官军利用这里养马，因而留下"养马岛"之名。

秦始皇在养马岛之旁牧马的传说非常古老。牟平城东四十里有系马山。养马岛对岸有戏山，明代县志又称为憩山，传说始皇帝曾在此驻跸，故名。到了清代，人们把系马山的传说移植到了戏山，于是戏山又被改为系山，即秦皇系马山。秦皇牧马养马岛这个传说就这样一直流传到今天。

养马岛的阳面有八个村庄，其中之一为马埠崖村。话说养马岛上水草丰美，气候温和，散养的马儿个个膘肥体壮，善于奔跑而且性子野，每每挑选良马，一时很难捉到，牧马官兵甚是为难。后发现岛前高崖下，落潮后形成一片淤泥海滩，泥深没膝。牧马人将马群驱赶至此，马陷淤泥，无法奔跑，从此捉马即成易事，此处由此称为"陷马崖"。当时，选好的军马需集中装船运往岛外，因古时军马需求量较大，为方便运载，又在高崖下用石料修成简易小码头，为运军马专用，"陷马崖"也因此改成"马埠崖"。

养马岛今天仍有马。1985 年，养马岛建起一个可容纳万名观众的赛马场，先后承接过全国马术锦标赛、国际马联障碍赛、六运会马术赛等十多次大型马术比赛。平时的周末举行赛马表演，周一至周五全天举行马术技巧表演。

正因为有了养马传说，所以养马岛的一切都与"马"相关，岛上到处可见传说的影踪。位于养马岛入岛口的天马广场，正中一座白马雕塑，凌空腾飞于近三十米高的铁塔之上，取"天马行空"之意，是养马岛的标志性雕塑。岛内包括天马苑、秦皇苑等景区和马文化长廊，后海秦风崖景区的七匹宝骏等景观，都是受养马岛传说影响而建造。

养马岛原为孤岛，20 世纪 70 年代末修筑大坝后变为陆连岛。2004 年 9 月，养马岛跨海大桥建成通车。2008 年，养马岛景区被国家旅游局批准为 AAAA 级旅游区。宁静的海岛生活、诱人的海鲜美食、清澈的海水、晶莹的沙石、独特的自然景色和风土人情，吸引着人们纷至沓来。2018 年，美丽的养马岛在抖音上走红，被网友们称为"北方小马尔代夫"，成为著名的网红打卡地。

2. 八仙传说

八仙的法器

八仙的传说遍布大江南北，是一个庞大的故事集群，其中流传最为广泛的就是"八仙过海"传说，可谓家喻户晓，妇孺皆知。明代吴元泰《八仙出处东游记传》中曾说，八仙为王母祝寿后，吕洞宾提议要去东海看仙境。他说："早就听说东海广阔无边，经常出现海市蜃楼。我们今天乘兴走一遭，看看那里的景色。大家觉得如何？"大家拍手叫好。于是，八仙手持不同宝器，展示了"八仙过海，各显神通"的本领；期间，他们还与东海龙王三太子发生了矛盾，兵戈相见，后来观音菩萨出面及时调停，双方才化解了矛盾。八仙乘风过海而去，留下了一段脍炙人口的山海传奇。

八仙过海的传说与蓬莱的关系最为密切。起初，蓬莱是中国先秦神话传说中的海上仙山之一。早在《山海经》中就有"蓬莱山在海中"的表述。后来，无论是《史记·封禅书》里的三神山，还是《列子·汤问》的五仙山，蓬莱都在其中。秦皇汉武多次到此东巡访仙，让蓬莱之名愈加显胜。由于今蓬莱一带海面经常出现海市蜃楼奇观，人们逐渐把传说中的仙境与现实中的景象附会、联系。唐代时，先在这里置蓬莱镇；后来，登州治所移蓬莱，蓬莱升为县。如今，"蓬莱仙境"指的就是现实中的蓬莱。

宋明开始，八仙的故事与传说逐渐流传开来。民间历来将蓬莱与八仙联系在一起。可以说，蓬莱因为八仙传说增添了仙气，而八仙传说因为与蓬莱仙境相连增加了其传奇性和神秘色彩。仅蓬莱一地，就有《八仙九顶会仙山》《蓬莱阁苏东坡访八仙》《八仙蓬莱阁赏牡丹》《八仙为百姓造桥》等多个八仙传说。

民间传说中的八仙，来往于神界与凡世之间，惩恶助善，扶弱济困，也能为民治病除妖，祝寿长生，几乎无所不能。八仙法力无边，可以关照到百姓生活的方方面面，几乎满足了普通百姓所有的心理诉求，于是八仙的形象出现在戏曲舞台上，也出现在各种民间美术形式中，如剪纸、年画、风筝、泥塑、面塑、雕塑、绣样等等。百姓希望八位神仙为他们攘除灾祸，护佑他们无病无灾，长寿平安。

《八仙过海》邮票

八仙本尊法力无边，他们的法器同样神通广大。八仙过海，各显神通，其神通就在于他们各自的法器，即汉钟离的芭蕉扇、铁拐李的葫芦、吕洞宾的宝剑、张果老的渔鼓、韩湘子的笛子、蓝采和的花篮、何仙姑的荷花、曹国舅的笏板。这八种法器成为八位仙人的代表，被称为"暗八仙"。"暗八仙"在，如同八仙在。在人们心目中，"暗八仙"是一种吉祥图案。在民间的家具、瓷器、铜器、雕塑上，都能找到它们的身影。胶东民居的石雕、砖雕、木雕中，还有墀头、照壁、门簪上，"暗八仙"的图案俯拾皆是。

八仙由民间传说的神仙而逐渐演变为民间的一种信仰。八仙遍及人世间各个角落，成为最接地气的神仙，成为百姓永远的保护神；而人们则将八仙世俗化，视为左邻右舍一样亲切。

3. 渔灯节

胶东渔民的狂欢节

农历正月十五为中国传统的灯节。胶东一带历来有送灯的习俗，内陆一些地方主要是捏面灯、蒸面灯，而莱州、蓬莱沿海的一些渔村则是在正月十四送渔灯，将青萝卜灯、胡萝卜灯或豆面灯等送到庙里和船上，人们称之为过"渔灯节"。渔灯节是从元宵节中分化出来的一个专属渔民的节日。

烟台渔灯节主要盛行在套子湾周边海岸线一带的渔村。以山后初家（当地人多称初旺村）、山后陈家、山后李家、山后顾家、沙窝孙家和芦洋最为突出。为解决船主间争抢拜祭先后的纠纷，20世纪30年代起，节期分在两天，山后初家、沙窝孙家、山后李家为正月十三，山后陈家、山后顾家、芦洋为正月十四，向南的八角和下刘家村也在正月十四，规模最大的属山后初家村和芦洋村。

耕海牧渔是渔民主要的生存方式，因此对于渔民而言，这个节比过年都重要。节前扎松门，备鞭炮，做渔灯，准备供品；在船头、船舱、船尾、船桅和庙前张贴对联，在船桅和庙前旗杆上悬挂彩旗；庙宇执事负责给龙王或海神娘娘沐浴更衣。节日傍晚大约四五点钟的时候，各家各户按祭祀顺序依次拜祭。先到龙王庙或海神娘娘庙送灯、祭神；然后扭着秧歌，敲着锣鼓，用食盒子抬着祭品到自家渔船上送灯、祭船、祭海、燃放鞭炮；最后到海边放灯。这两天，亲戚朋友也来欢聚，中午聚餐豪饮，晚上看戏。现在，渔灯节已经成为网红打卡地，人们都争相一睹渔灯节的盛况。为了方便更多的人参与进来，过去一家一户祭祀的形式现在改由集体统一组织，去码头祭船、祭海的时间也由傍晚改为午后。

渔灯节的主题是送灯，灯光象征光明与希望，在暗夜和危难之时可以为渔民引领航程。渔民用送渔灯的形式祈求丰收和平安。他们拜龙王，到龙王庙送渔灯敬献供品，祈求波平浪静，鱼虾满舱。他们拜海神娘娘，将自制的渔灯送到海神娘娘庙供奉。风帆时代，海上作业充满危险，海难频发，人们祈求海神娘娘用渔灯指引，保佑人船平安。他们祭船，因为船是渔民重要的生产工具，是他们在汪洋中的家。祭船由船主主持，先在船头上摆放供品，再在桅杆上悬挂鞭炮，最后在船头、船舱、船尾摆放渔灯并点燃，准备就绪后，由船长点香烧纸，率领众人叩拜。他们还要祭海，由船主念着吉语，先向海里洒酒，再投放水饺、供菜，祈求"赶渔郎"把鱼赶进自己的网中。

渔灯节是国家级非物质文化遗产。2015年，烟台又被正式授予"中国渔灯文化之乡"称号。现如今，海上作业的危险已经大大减少，但渔灯节依然隆重、热闹、虔诚。渔灯节的一些形式改变了，然而渔民心中对丰收与平安的祈求从来没有改变。

4. 胶东花饽饽

巧手捏出的吉祥

胶东的饮食习惯主要以面食为主，胶东的巧媳妇们就把常吃的饽饽做出花儿来了。在一些节日和仪礼中，人们用花饽饽来表达美好愿望。胶东花饽饽分布于胶东半岛胶莱河以东区域，以烟台最具特色。

胶东花饽饽以"件"为单位，在内容上分人物、花卉、鸟兽虫鱼等。在体积和重量上，分大件、小件、综合件三大类。大件有金鱼、鲤鱼、狮、虎、龙、凤、寿桃等；小件有燕、雀、杏、瓜、石榴及各种小动物；综合件是以花篮、大寿桃、团圆饼为主体，然后在上面嵌上各种小件面塑作为附件，拼集装点在一起，做成如"鹤鹿同春""龙凤呈祥""孔雀开屏""吹箫引凤""五女拜寿""八仙过海""喜鹊登梅"等样式。主件粗犷庄重，附件精致玲珑，搭配和谐，相得益彰，其中都贯穿"福禄寿禧财"的吉祥祈愿主题。

在胶东一带，花饽饽出现在各种民俗事务和节日中，如婚嫁、满月、百岁、祝寿、上梁等，尤以岁时节令为多。

花饽饽以圣虫、铜盆饽饽、面燕子等最具地方特色。圣虫，胶东民间也称之为"神虫"，但以"圣虫"的叫法为最多，民间理解的意思也多样，根据谐音，人们将其理解为"盛虫""生虫""剩虫""升虫"等，各有理由，总之是富足有剩余的意思。圣虫的形象多以蛇为主体，画上人的五官，头上长冠，广泛运用于过年、元宵节、二月二、婚嫁、上梁及祭海等胶东民俗事务中。海阳、莱阳一带的圣虫主要出现在婚俗中。上梁、结婚、过年用的圣虫大，元宵节、二月二的圣虫小；过年祭祖的圣虫大，放面缸的圣虫小；过年的圣虫寓意来年生活富足；结婚的圣虫寓意阴阳相合，夫妻和美；上梁的圣虫寓意虎踞龙盘，镇宅辟邪，上梁大吉，也是希望家业兴旺，殷实富足。

铜盆饽饽是结婚花饽饽的一种，放在铜盆之上，在结婚当日由新娘家中送亲的人带到新郎家。其体型大，直径约五六十厘米，高约四五十厘米，底座是莲花瓣，上面精塑各种造型，有龙凤呈祥、葫芦、金鱼、鸳鸯等，点缀的组件可多达二十多个，造型生动，情趣悦人，五彩缤纷，增强了喜庆的气氛。

农历三月三，胶东一带盛行做面燕子，给新婚妇女送节用，叫"送三"，莱州地方叫"小媳妇节"，即当年结婚还未生育的新媳妇们过节前回娘家做许多面燕子，三月三带回婆家分送给邻居亲友。民谣说："三月三，大燕小燕做一千。"蒸面燕子是古老祈孕习俗的遗留，也与古代上巳节祈孕含义吻合。栖霞等地则称面燕子为"疙瘩燕""饽饽鸡"，俗谓孩子吃了面燕子，能身体健康不生病。

胶东花饽饽在地域上
呈现出自东向西工艺逐步复
杂，颜色逐步艳丽的特点。
自牟平、栖霞、蓬莱、莱阳、
招远、龙口到莱州，越往西
色彩越浓。栖霞多在本色面
上，再用染色面做装饰加点
缀，而到了莱州一带，着色
勾线则常常喜用工笔重彩，
有着浓重的乡土情调。

胶东花饽饽

胶东花饽饽可食、可赏、
可表达，成为胶东女性生活仪式感的重要体现。它是一种民间
美术形式，也是民间信仰的体现，又兼有审美价值和民俗价值。

5. 莱阳豆面灯碗

元宵节的吉祥祝福

农历正月十五为元宵节，是一年中第一个月圆之夜。元宵
节赏灯源自东汉明帝时期，在这一天要"燃灯表佛"，逐渐形
成盛大的节日。这天晚上，灯月同辉，人们观灯、猜灯谜、吃
元宵，合家团聚，其乐融融。

元宵节这天，胶东各地的人家有做豆面灯的习俗，叫"捏
灯""蒸灯"。人们用黄豆面掺和食油揉成面团，然后来捏各
种灯。加油后的豆面很有筋力，灯碗能够做得十分精细，而点

燃后能透出黄金色的光晕，所以叫"金灯"。灯的种类有斗灯、龙凤灯、月灯、十二属相灯和各种动植物灯等。主要活动为"散灯"，就是在家里和庭院各处放上灯。

月灯，捏十二个，闰年月加捏一个。月灯为圆柱体，顶部捏成灯碗，灯碗的边缘按月份捏上摺，一个摺代表一个月，十二月要在灯碗边捏上十二个摺。有作物收获的月份，月灯下面另外加捏囤子底，囤底上面捏圣虫盘绕在月灯上，用于祈祷各月收获的庄稼、水果和蔬菜取得丰收。从灯芯燃烧后的形状，人们可以得到各种"信息"。如六月灯的灯芯烧成米粒状，就预示小麦将获得丰收。月灯燃尽之后，看哪个月灯残灰多，则预示着那个月风调雨顺，表达了人们对于五谷丰登的祈愿。

捏生肖（属相）灯，方言称"捏属儿"。人们给每个家庭成员都捏一盏属相灯。生肖灯不散放，共置一盘中点燃，一家人围在一起观看，希望爆出灯花，灯花越大越吉利；谁的属相灯旺，油尽残灰多，意味着谁在新的一年里会时运亨通，无灾无病；谁的灯燃亮的时间长，谁一定会长寿。有的人家里做全部十二生肖灯，寓意在于消除病灾，人丁兴旺。

其他各种灯散放的位置一般比较固定。彩灯挂于大门口，斗灯放于祖坟坟顶，龙凤灯主要用于寺庙，狗灯放在大门口，鸡灯则由人端着照墙角、炕旮旯，免得毒虫、蝎子伤人。鱼灯放在水缸的水瓢里。马灯、猪灯，分别放在牲口棚、猪圈盖。蛤蟆灯放在锅台后和门槛底下吃苍蝇、蚊子和虫儿。荷花灯、寿桃灯、娃娃灯等放在居室各处。"看场佬"灯，形为一肩扛各种农具的老人，节日晚上由家中男孩点燃送到打谷场中间，燃尽之后由家中长者据燃烧情况预卜当年各种作物的丰歉。元宵节的灯光是吉祥之光，能驱妖避邪除百病，所以人们往往端着灯互相照照脸庞，还要照一照屋内屋外的各个角落。

胶东的豆面灯碗习俗，除了祈福求祥之外，主要是农耕文化的体现。2013 年，莱阳豆面灯碗习俗入选第三批省级非物质文化遗产名录。

参考文献

[1] 王志民著：《齐鲁文化概说》，山东文艺出版社2004年版。

[2] 王志民主编：《山东区域文化通览》（烟台卷），山东人民出版社2012年版。

[3] 刘焕阳、陈爱强著：《胶东文化通论》，齐鲁书社2015年版。

[4] 刘凤鸣著：《胶东文化概要》，中国文史出版社2006年版。

[5] 鲁东大学胶东文化研究院编：《胶东文化与海上丝绸之路论文集》，山东人民出版社2016年版。

[6] 田明宝主编：《烟台区域文化通览》，人民出版社2016年版。

[7] 田明宝主编：《烟台文化遗产大观》，人民出版社2021年版。

[8] 张富祥著：《东夷古史传说》，山东文艺出版社2004年版。

[9]方辉著:《岳石文化》,山东文艺出版社2004年版。

[10] 曹青、郭晓琳主编:《山东古国古城》,山东友谊出版社2019年版。

[11] 烟台市博物馆编:《考古烟台》,齐鲁书社2006年版。

[12] 王锡平主编,烟台市文物管理委员会、烟台市博物馆编:《胶东考古研究文集》,齐鲁书社2004年版。

[13] 蓬莱文化局编:《蓬莱古船与登州古港》,大连海事大学出版社1989年。

[14] 《登州古港史》编委会编:《登州古港史》,人民交通出版社1994年版。

[15] 孙家洲、杜金鹏主编:《莱州文史要览》,齐鲁书社2013年版。

[16] 中共掖县县委宣传部编:《莱州古邑掖县》,山东省出版总社烟台分社1987年版。

[17] 王海鹏著:《微观视野中明清山东海防文化研究》,人民出版社2021年版。

[18] 俞祖华等著:《胶东历史上的文化名人》,中国文史出版社2006年版。

[19] 支军著:《胶东文化撮要》,山东人民出版社2015年版。

[20] 曹艳英等著:《胶东民俗文化与旅游》,中国文史出版社2006年版。

后　记

　　《丛书》（下编）的编纂，是在中共山东省委宣传部直接领导下完成的。省委常委、宣传部部长白玉刚同志统筹策划部署，并担任编委会主任，多次主持召开编委会会议，提出明确目标要求和指导意见。省委宣传部分管日常工作的副部长、省文明办主任、省新闻办主任袭艳春同志对本书的立项出版、风格设计等方面提出了许多宝贵意见。在魏长民、毕司东、程守田、张同海、冷兴邦等同志的大力指导支持下，以教育部人文社科重点研究基地山东师范大学齐鲁文化研究院为学术挂靠单位，组建了《丛书》编纂学术委员会，具体负责编纂学术指导、质量把关、终审定稿工作。山东师范大学特聘资深教授王志民任主任，山东大学儒学高等研究院教授杨朝明、中共山东省委党史研究院原一级巡视员韩延明、鲁东大学原副校长刘焕阳、山东齐鲁师范学院原副院长刘德增任副主任。

　　《丛书》（下编）为每市一卷共16卷，都列为山东省社科规划一般项目。在省委宣传部统一领导下，各市委宣传部负责本市卷的具体组织编纂工作。《丛书》编纂学术委员会制定了统一的《编撰体例》《编撰指导意见》；在主任全面负责下，分为 4 个片区，各由一名副主任作为首席专家具体指导，杨朝明教授：淄博、泰安、济宁、枣庄；韩延明教授：潍坊、临沂、日照、菏泽；刘焕阳教授：青岛、威海、烟台、东营；刘德增教授：济南、聊城、德州、滨州。各市委宣传部认真落实省委宣传部、编纂学术委员会的部署，大力支持编纂工作，组织有关部门与专家对提纲设计、样稿研讨、通稿定稿等关键环节，反复研讨、审议；各片区进行了多次研讨交流，相互借鉴，取长补短；各卷主编和全体编纂人员团结合作、齐心协力，付出了艰辛劳动。山东文艺出版社提前介入，对编纂工作和撰稿体例等提出了许多宝贵意见。在此，我们谨向为《丛书》编纂付出心血的各位领导、专家、作者和所有相关同志们表示诚挚感谢！

本册编纂，得到首席专家刘焕阳教授悉心指导，中共烟台市委常委、宣传部部长吕波同志，分管日常工作的副部长宫海涛同志、市文旅局局长刘学祥同志给予多方关心支持。市委宣传部副部长宫志刚同志、文旅局副局长任建平同志等提出诸多意见和建议。鲁东大学王海鹏教授担任主编，全面负责本册的编纂工作。具体撰稿分工如下：第一部分"烟台往事"、第二部分"烟台名士"由李世惠、王利亮、王海鹏撰写；第三部分"文化遗址"由陈梅撰写；第四部分"多彩非遗"由兰玲撰写。

由于学识水平与编纂时间所限，不足之处在所难免，敬请专家和读者批评指正。

编者

2023 年 8 月